AF668739

DARD AUR BATEIN

Whispers of Pain and unspoken feelings. Verses from silence where words bleed, echoing love, loss, longing, and stories written in hurt.

ABSTRACT

Dard aur Batein is a non-fictional work drawn from lived moments. It reflects unspoken emotions, silent conversations, and personal truths that caused pain, growth, and renewal. Each chapter moves through struggle, waiting, loss, courage, and healing. These writings are honest reflections, not complaints or instructions. They come from real experiences and quiet inner battles. The purpose is simple. To remind you that you are not alone. If a line stays with you or gives voice to hidden pain, the book has served its meaning.

Er. Muntaha Riyaz Lone
Author

دیباچہ

یہ کتاب کسی کہانی کی تخلیق نہیں، بلکہ اُن لمحوں کی تحریر ہے جو میں نے خود جئے ہیں۔ *درد اور باتیں* دراصل اُن احساسات کا مجموعہ ہے جو کہے نہیں جا سکے، اُن مکالموں کا عکس ہے جو خاموشی میں ہوئے، اور اُن سچائیوں کی گواہی ہے جنہوں نے مجھے توڑا بھی اور جوڑا بھی۔

اس کتاب کے ابواب درد سے شروع ہو کر گفتگو، سچ، خاموشی اور اُمید تک کا سفر طے کرتے ہیں۔ یہاں ہر لفظ کسی تجربے سے نکلا ہے—کبھی تھکن سے، کبھی انتظار سے، کبھی ہار سے، اور کبھی خود کو دوبارہ کھڑا کرنے کی کوشش سے۔ یہ تحریریں شکایت نہیں، اعتراف ہیں؛ نصیحت نہیں، احساس ہیں۔

اگر اس کتاب کا کوئی مقصد ہے تو بس اتنا کہ قاری یہ محسوس کرے کہ وہ اکیلا نہیں ہے۔ اگر کہیں کوئی جملہ آپ کے دل میں ٹھہر جائے، کوئی خاموش درد بول اٹھے، یا کوئی بات آپ کو خود سے جوڑ دے—تو یہی اس کتاب کی کامیابی ہے۔

انجینئر مُنتَہٰا رِیاض لُون

Preface

This book is not a work of imagination; it is a collection of moments I have lived through. *Dard aur Batein* is a reflection of emotions left unspoken, conversations held in silence, and truths that broke me, shaped me, and helped me rebuild myself.

Each chapter moves through pain, silence, honest conversations, courage, and healing. Every word comes from lived experience—from exhaustion, waiting, loss, inner battles, and the quiet effort to stand again after falling. These writings are not complaints, nor are they lessons imposed on the reader; they are confessions and reflections born from real moments.

If this book has a purpose, it is simply this: to remind the reader that they are not alone. If a line lingers in your heart, if a hidden pain finds its voice, or if a thought reconnects you with yourself, then this book has fulfilled its meaning.

— Er. Muntaha Riyaz Lone

مصنف کے بارے میں

انجینئر مُنتَہٰا رِیاض لُون ایک حساس مزاج لکھاری، تعلیمی رہنما اور سماجی خدمت سے وابستہ شخصیت ہیں۔ ان کی تحریر ذاتی تجربات، داخلی احساسات اور زندگی کے سچے مشاہدات کا عکس ہے، جس میں درد، خاموشی اور سچائی کو سادہ مگر گہرے الفاظ میں بیان کیا گیا ہے۔

مصنف کا پیغام

یہ کتاب میرے دل کی اُن باتوں کا اظہار ہے جو میں نے خاموشی میں جھی ہیں۔ اگر اس کا کوئی لفظ آپ کو آپ کے اپنے احساسات کے قریب لے آئے، تو یہی میری کامیابی ہے۔

—انجینئر مُنتَہٰا رِیاض لُون

About the Author

Er. Muntaha Riyaz Lone is a reflective writer, educator, and social contributor whose work draws deeply from personal experiences and honest observations of life. His writing gives voice to silence, pain, and unspoken truths through simple yet powerful expression.

Message from the Author

This book carries the emotions I lived in silence. If even one line helps you understand your own feelings better, it has served its purpose.

— Er. Muntaha Riyaz Lone

Copyright Page

Book Title: Dard aur Batein
Author: Er. Muntaha Riyaz Lone
ISBN: 978-93-5636-987-0
Edition: First Edition (2026)
Published On: January 2026
Published in: India

For Authentication, Scan Here

Disclaimer:
The views, opinions, and experiences expressed in this book are solely those of the author. Any resemblance to actual events, persons, or institutions is purely coincidental. The author and publisher do not assume any liability for the use of the information contained in this book.

Printed in India

Cover Design & Layout: Er. Muntaha Riyaz Lone
Editing & Proofreading: Er. Muntaha Riyaz Lone

For permissions or inquiries, please contact:
ermuntahariyaz.svf@gmail.com

Contents

حصہ اوّل: درد (تکلیف، خاموشی، اندرونی جنگیں)

یہ حصہ میری زندگی کے اُن اوراق کا عکس ہے جن پر لفظ کم اور احساس زیادہ لکھے گئے ہیں۔ یہ وہ درد ہیں جنہیں میں نے جیا ہے، سہا ہے، اور اکثر خاموشی میں برداشت کیا ہے۔ یہاں کوئی فرضی کہانی نہیں، کوئی بناوٹی دکھ نہیں— یہ سب وہ سچ ہیں جو وقت نے میرے دل پر لکھ دیے، اور جنہیں میں نے مسکراہٹ کے پیچھے چھپا کر دنیا کے سامنے چلنا سیکھا۔

میں نے سیکھا کہ سب سے گہرا درد وہ ہوتا ہے جو کہا نہ جا سکے۔ میں نے وہ خاموشیاں جھیلیں جو بولتی بہت کچھ تھیں، مگر سنی نہیں گئیں۔ میں نے اپنوں کے دیے وہ زخم محسوس کیے جن کا کوئی حساب نہیں ہوتا، اور وقت کے وہ لمحے گزارے جو کبھی مرہم بنے تو کبھی خود ایک نیا زخم دے گئے۔ میں نے خود کو تھکتے دیکھا، مگر رکنے کی اجازت خود کو بھی نہیں دی۔ میں نے انتظار کیا—لوگوں کا، لفظوں کا، بدلتے رویّوں کا—اور پھر ایک دن یہ جانا کہ انتظار بھی ایک خاموش اذیت ہوتا ہے۔ اس حصے میں درج ہر موضوع میرے اندر کی کسی نہ کسی جنگ کی نمائندگی کرتا ہے۔ وہ اُمید جو ایک وقت کے بعد بوجھ بن گئی، وہ غلطیاں جو ماضی بن کر بھی میرا ساتھ نہیں چھوڑیں، اور وہ لمحہ جب میں خود اپنے آپ سے ہار گیا—

یہ سب میری ذات کے وہ سچ ہیں جنہوں نے مجھے توڑا بھی، اور آہستہ آہستہ مجھے سمجھایا بھی۔ یہ درد مجھے کمزور نہیں کر گئے، مگر انہوں نے مجھ سے بہت کچھ لے لیا۔ معصومیت، بے فکری، اور خود پر اندھا یقین۔ اس کے بدلے مجھے شعور ملا، خاموشی کی زبان سمجھنے کی صلاحیت ملی، اور یہ ادراک ملا کہ ہر مضبوط دکھنے والا انسان اندر سے بھی مضبوط ہو، یہ ضروری نہیں۔ یہ حصہ اُن تمام لوگوں کے نام بھی ہے جو مسکراتے ہوئے اندر ٹوٹ رہے ہیں، جو خاموش رہ کر سب سہہ رہے ہیں، اور جو یہ سمجھتے ہیں کہ شاید ان کا درد کوئی نہیں سمجھے گا۔

اگر میری تحریر کا کوئی ایک جملہ بھی کسی کے دل میں ٹھہر جائے، تو یہی میرے درد کا مقصد بن جائے گا۔ یہ حصہ شکایت نہیں، اعتراف ہے۔ یہ کمزوری نہیں، سچائی ہے۔ اور یہ سچ میں نے اپنی زندگی سے سیکھا ہے۔

میں نے درد کو لفظوں میں ڈھال کے رکھا
خاموشی کو بھی ایک سوال بنا کے رکھا

جو جیا ہے میں نے، وہی لکھا ہے یہاں
میں نے خود کو ہی اپنی مثال بنا کے رکھا

— مُنتَہا رِیاض لُون

1- جو کہہ نہ سکے، وہی سب سے زیادہ درد دیتا ہے

کچھ درد ایسے ہوتے ہیں جو آواز نہیں مانگتے، جنہیں لفظوں کی ضرورت نہیں ہوتی، اور جو چیخ کر اپنا وجود ثابت نہیں کرتے۔ یہ درد خاموشی کی اوٹ میں پلتے ہیں، دل کی گہرائیوں میں جگہ بناتے ہیں اور انسان کے اندر آہستہ آہستہ جڑ پکڑ لیتے ہیں۔ یہ وہ درد ہے جو کہہ نہ سکنے سے پیدا ہوتا ہے، جو ہونٹوں تک آ کر رک جاتا ہے اور آنکھوں میں ٹھہر کر آنسو بننے سے انکار کر دیتا ہے۔ یہی درد سب سے زیادہ گہرا، سب سے زیادہ دیرپا اور سب سے زیادہ اذیت ناک ہوتا ہے۔

انسان بولنا چاہتا ہے، مگر بول نہیں پاتا۔ کبھی حالات اجازت نہیں دیتے، کبھی رشتے آڑے آ جاتے ہیں، کبھی خوف راستہ روک لیتا ہے، اور کبھی انسان خود ہی یہ مان لیتا ہے کہ اس کی بات سنی ہی نہیں جائے گی۔ یہی وہ لمحہ ہوتا ہے جہاں درد جنم لیتا ہے۔ کیونکہ کہا ہوا دکھ کسی نہ کسی شکل میں بکھر جاتا ہے، لیکن ان کہا درد دل میں جمع ہوتا رہتا ہے، تہہ در تہہ، یہاں تک کہ انسان کا وجود اس بوجھ تلے دبنے لگتا ہے۔

اکثر دیکھا گیا ہے کہ انسان سب سے زیادہ وہی باتیں نہیں کہہ پاتا جو اس کے لیے سب سے اہم ہوتی ہیں۔ وہ شکوے جو ماں کے سامنے زبان پر آتے آتے رک جاتے ہیں، وہ سچ جو باپ کے رعب میں دب جاتا ہے، وہ آنسو جو شریکِ سفر کے سامنے بہنے سے انکار کر دیتے ہیں، اور وہ سوال جو انسان خود سے پوچھنے سے بھی ڈرتا ہے۔ یہ سب مل کر ایک ایسی خاموش چیخ بن جاتے ہیں جو اندر ہی اندر انسان کو توڑ دیتی ہے۔

ہم ایک ایسے معاشرے میں سانس لے رہے ہیں جہاں مسکرانا طاقت کی علامت سمجھا جاتا ہے اور رونا کمزوری۔ جہاں خاموشی کو صبر کہا جاتا ہے اور سچ بولنے کو بدتمیزی۔ ایسے میں انسان اپنی اصل کیفیت چھپانے پر مجبور ہو جاتا ہے۔ وہ مسکراتے چہرے کے پیچھے ٹوٹے ہوئے خواب چھپا لیتا ہے، مضبوط لہجے کے پیچھے لرزتی ہوئی آواز، اور خاموشی کے پیچھے ایک طوفان۔

خاموشی بظاہر سکون لگتی ہے، مگر حقیقت میں یہ سب سے زیادہ بولنے والا درد ہے۔ یہ وہ درد ہے جو لفظوں میں ڈھل کر ہلکا نہیں ہو پاتا، بلکہ ہر گزرتے دن کے ساتھ بھاری ہوتا جاتا ہے۔ یہ نیند میں

بھی جاگتا ہے، تنہائی میں بھی شور مچاتا ہے، اور ہجوم میں بھی انسان کو اکیلا کر دیتا ہے۔ خاموشی کا یہ درد انسان کو اندر سے کھوکھلا کر دیتا ہے، مگر باہر سے کچھ نظر نہیں آنے دیتا۔

جو لوگ سب کے لیے مضبوط بنتے ہیں، اکثر وہی سب سے زیادہ کمزور ہوتے ہیں۔ وہ سب کا سہارا بنتے ہیں، مگر خود سہارا مانگنے کی ہمت نہیں رکھتے۔ وہ سب کی باتیں سنتے ہیں، مگر ان کی بات سننے والا کوئی نہیں ہوتا۔ ان کی خاموشی کو ان کی طاقت سمجھ لیا جاتا ہے، حالانکہ وہ خاموشی دراصل ان کی تھکن، ان کی شکست اور ان کی بے بسی کی گواہی ہوتی ہے۔

سب سے زیادہ تکلیف دہ لمحہ وہ ہوتا ہے جب انسان یہ جان لیتا ہے کہ اگر وہ بول بھی دے تو کوئی فرق نہیں پڑے گا۔ یہی احساس خاموشی کو مجبوری سے عادت بنا دیتا ہے۔ اور عادتیں، خاص طور پر ایسی عادتیں، انسان کو اندر سے آہستہ آہستہ مار دیتی ہیں۔ پھر انسان باتیں کہنا نہیں بھولتا، بلکہ کہنا چھوڑ دیتا ہے۔

وقت کے ساتھ ساتھ یہ ان کہا درد یاد نہیں رہتا، یہ انسان کی شناخت بن جاتا ہے۔ اس کے لہجے میں، اس کی آنکھوں میں، اس کی مسکراہٹ میں، اور اس کی خاموشی میں جھلکنے لگتا ہے۔ وہ ہنستا بھی ہے تو ادھورا، بولتا بھی ہے تو تول کر، اور جیتا بھی ہے تو کسی بوجھ کے ساتھ۔

کاش ہم یہ سمجھ پاتے کہ ہر خاموش انسان مطمئن نہیں ہوتا۔ کاش ہم یہ جان لیتے کہ کسی کی خاموشی اس کی رضامندی نہیں بلکہ اس کی ہار بھی ہو سکتی ہے۔ کاش ہم وقت پر سن لیتے وہ باتیں جو کہی نہیں گئیں، وہ درد جو لفظوں میں نہیں ڈھل سکے، اور وہ سچ جو خوف کے باعث دل میں دفن ہو گیا۔

کیونکہ آخرکار انسان کو وہی چیز توڑتی ہے جو اس نے سب سے زیادہ چھپا کر رکھی ہو۔ وہی بات جو کہی نہیں گئی، وہی آنسو جو بہے نہیں، اور وہی درد جو مانگا نہیں گیا۔

اور یہی حقیقت ہے کہ جو کہہ نہ سکے، وہی سب سے زیادہ درد دیتا ہے۔

شعر:-

خاموش لب، نم آنکھ، دل میں طوفانِ بے صدا
کہہ نہ سکے جو درد ہم، وہی ہمیں توڑ گیا
~مُنتہٰا رِیاض لُون

2- مسکراہٹ کے پیچھے چھپے زخم

مسکراہٹ وہ نقاب ہے جو انسان سب سے پہلے اوڑھتا ہے، اور شاید سب سے آخری اتارتا ہے۔ دنیا کو یہی دکھایا جاتا ہے کہ سب ٹھیک ہے، کہ دل مطمئن ہے، کہ زندگی ہنسی خوشی گزر رہی ہے، مگر اس مسکراہٹ کے پیچھے چھپے زخم کسی کو دکھائی نہیں دیتے۔ یہ زخم شور نہیں مچاتے، یہ آہستہ آہستہ دل میں رس گھولتے ہیں اور انسان کو اندر سے کھوکھلا کرتے چلے جاتے ہیں۔

کچھ لوگ مسکرانا اس لیے سیکھ لیتے ہیں تاکہ کوئی ان سے سوال نہ کرے۔ کیونکہ سوال جواب مانگتے ہیں، اور جواب دینے کی طاقت ہر دن نہیں ہوتی۔ اس لیے ہونٹوں پر مسکراہٹ سجا لی جاتی ہے اور دل کے اندر کی ٹوٹ پھوٹ کو خاموشی سے سہا جاتا ہے۔ مسکراہٹ یہاں خوشی کی علامت نہیں رہتی، بلکہ ایک دفاعی ہتھیار بن جاتی ہے۔

ان زخموں کا سب سے دردناک پہلو یہ ہے کہ یہ اکثر اپنوں کے دیے ہوتے ہیں۔ اجنبی اگر دکھ دے تو درد کم لگتا ہے، مگر جب اپنا ہی زخم دے تو مسکراہٹ خود بخود چہرے پر آ جاتی ہے، تاکہ کوئی یہ نہ سمجھے کہ ہمیں توڑا گیا ہے۔ یہی مسکراہٹ سب سے زیادہ جھوٹی اور سب سے زیادہ بھاری ہوتی ہے۔

مسکراہٹ کے پیچھے چھپے زخم وقت کے ساتھ بھرنے کے بجائے گہرے ہوتے جاتے ہیں، کیونکہ ان پر کبھی مرہم رکھا ہی نہیں جاتا۔ انسان سوچتا ہے کہ کل ٹھیک ہو جائے گا، وقت سب ٹھیک کر دے گا، مگر وقت صرف تب مرہم بنتا ہے جب درد مانگا جائے۔ چھپایا گیا درد وقت کے ساتھ زہر بن جاتا ہے۔

ایسے لوگ محفلوں کی جان ہوتے ہیں، سب کو ہنساتے ہیں، سب کا بوجھ بانٹ لیتے ہیں، مگر خود تنہائی میں بیٹھ کر اپنے زخموں سے باتیں کرتے ہیں۔ ان کی راتیں جاگ کر گزرتی ہیں اور دن مسکراتے ہوئے۔ کوئی نہیں جانتا کہ ان کی ہنسی کے پیچھے کتنی آہیں دفن ہیں۔

مسکراہٹ انسان کو مضبوط دکھاتی ہے، مگر مسلسل مضبوط دکھتے دکھتے انسان تھک جاتا ہے۔ وہ چاہتا ہے کہ کوئی اس کی مسکراہٹ کے پیچھے جھانکے، اس کے چہرے کے پیچھے چھپے درد کو

پہچانے، مگر دنیا چہروں سے آگے دیکھنے کی عادت کھو چکی ہے۔

سب سے زیادہ تکلیف دہ بات یہ ہے کہ جب انسان خود بھی اپنی مسکراہٹ پر یقین کرنے لگتا ہے۔ وہ اپنے درد کو معمول سمجھ لیتا ہے، اپنے زخموں کو نظرانداز کرنا سیکھ لیتا ہے، اور یہی نظرانداز کیے گئے زخم ایک دن اسے اندر سے مفلوج کر دیتے ہیں۔

یہ مسکراہٹ دراصل ایک چیخ ہوتی ہے جو سنی نہیں جاتی۔ ایک مدد کی پکار جو لفظوں میں نہیں ڈھلتی۔ ایک سچ جو کہنے سے پہلے ہی دفن ہو جاتا ہے۔ اور انسان اسی چیخ، اسی پکار، اسی سچ کے ساتھ جیتا رہتا ہے۔

کاش ہم مسکراہٹ کو صرف خوشی نہ سمجھیں۔ کاش ہم یہ جان لیں کہ ہر ہنستا ہوا چہرہ مطمئن نہیں ہوتا۔ کچھ مسکراہٹیں صرف اس لیے ہوتی ہیں کہ زخم نظر نہ آ جائیں۔

کیونکہ حقیقت یہی ہے کہ مسکراہٹ کے پیچھے چھپے زخم، وہی زخم ہوتے ہیں جو سب سے زیادہ درد دیتے ہیں۔

شعر:-

مسکرا کر ہم نے ہر زخم کو چھپا رکھا ہے
دل میں طوفان ہے، چہرے پہ سکون رکھا ہے
پوچھتے ہیں سب خیریت، ہم ہاں کہہ دیتے ہیں
ہم نے جینے کا ہنر درد سے سیکھا رکھا ہے
~مُنتَہا رِیاض لُون

3 - خاموشی: سب سے زیادہ بولنے والا درد

خاموشی کبھی سکون نہیں ہوتی، اکثر یہ تھکن کا نام ہوتی ہے۔ وہ تھکن جو بولتے بولتے، سمجھاتے سمجھاتے، اور خود کو ثابت کرتے کرتے پیدا ہوتی ہے۔ جب انسان یہ محسوس کر لے کہ اس کے لفظوں کی کوئی قدر نہیں، کہ اس کی باتیں سن کر بھی ان سنی کر دی جاتی ہیں، تب وہ بولنا چھوڑ دیتا ہے۔ یہی لمحہ خاموشی کو جنم دیتا ہے، اور یہی خاموشی سب سے زیادہ بولنے والا درد بن جاتی ہے۔

خاموشی اس چیخ کا نام ہے جو حلق سے باہر نہیں آتی۔ یہ وہ فریاد ہے جو الفاظ کا سہارا نہیں لے پاتی۔ انسان اندر ہی اندر ٹوٹتا رہتا ہے، مگر باہر سے پرسکون دکھائی دیتا ہے۔ دنیا اسے صابر سمجھتی ہے، مضبوط سمجھتی ہے، جبکہ حقیقت میں وہ خاموشی کے بوجھ تلے دبا ہوتا ہے۔

کچھ لوگ خاموش اس لیے ہو جاتے ہیں کہ وہ جھگڑا نہیں چاہتے، کچھ اس لیے کہ وہ کسی کو کھونا نہیں چاہتے، اور کچھ اس لیے کہ وہ خود کو مزید ٹوٹنے سے بچانا چاہتے ہیں۔ خاموشی ایک ڈھال بن جاتی ہے، مگر یہ ڈھال آہستہ آہستہ زنجیر بن جاتی ہے جو انسان کو جکڑ لیتی ہے۔

خاموشی کے اندر بہت سی باتیں دفن ہوتی ہیں: شکوے، سوال، امیدیں، اور وہ سچ جو کہنا ممکن نہ رہا ہو۔ یہ سب دل کے کسی کونے میں جمع ہوتے رہتے ہیں، یہاں تک کہ دل خود ایک قبرستان بن جاتا ہے جہاں زندہ احساسات دفن ہوتے رہتے ہیں۔

سب سے زیادہ دردناک خاموشی وہ ہوتی ہے جو اپنوں کے بیچ ہو۔ جب بات کرنے کے لیے لوگ ہوں، مگر سننے والا کوئی نہ ہو۔ جب آنکھوں میں آنسو ہوں، مگر پوچھنے والا کوئی نہ ہو۔ ایسی خاموشی انسان کو اکیلے پن کی گہرائیوں میں دھکیل دیتی ہے۔

خاموش انسان اکثر سب کچھ سمجھ جاتا ہے، کیونکہ خاموشی مشاہدہ سکھاتی ہے۔ وہ لفظوں کے پیچھے چھپے ارادے پہچان لیتا ہے، لہجوں میں چھپی بے حسی محسوس کر لیتا ہے۔ اور یہی سمجھ بوجھ اسے مزید خاموش کر دیتی ہے۔

وقت کے ساتھ خاموشی عادت بن جاتی ہے۔ پھر انسان باتیں کہنا نہیں بھولتا، بلکہ ضرورت محسوس کرنا چھوڑ دیتا ہے۔ وہ اپنے درد کو

معمول سمجھ لیتا ہے، اور یہی معمول اسے اندر سے آہستہ آہستہ ختم کر دیتا ہے۔

خاموشی کبھی کبھی خود سے ناراضگی کا اظہار بھی ہوتی ہے۔ یہ اس شکست کا اعلان ہوتی ہے جس میں انسان خود کو ہار چکا ہوتا ہے۔ وہ جان لیتا ہے کہ اب بولنے سے کچھ نہیں بدلے گا، اور یہی احساس خاموشی کو مستقل بنا دیتا ہے۔

کاش ہم خاموش لوگوں کی باتیں سن سکیں، ان کی آنکھوں میں لکھے جملے پڑھ سکیں، اور ان کے چہروں پر ٹھہری اداسی کو سمجھ سکیں۔ کیونکہ خاموشی اکثر مدد کی آخری پکار ہوتی ہے۔

اور سچ یہی ہے کہ، خاموشی بولتی نہیں، مگر
سب سے زیادہ درد خاموشی ہی سناتی ہے۔

شعر:-

ہم خاموش رہے تو لوگوں نے صبر سمجھا
دل میں جو آگ تھی، اسے ہنر سمجھا
لفظوں نے ساتھ چھوڑا تو خاموشی بولی
یہی وہ درد ہے، جسے سب نے نظرانداز سمجھا

~ مُنتَہا رِیاض لُون

4 - اپنوں سے ہی ملنے والے زخم

سب سے گہرا زخم وہ نہیں ہوتا جو دشمن دے، بلکہ وہ ہوتا ہے جو اپنوں کے ہاتھوں لگے۔ دشمن سے ملنے والا درد وقتی ہوتا ہے، مگر اپنوں سے ملا زخم عمر بھر کا بوجھ بن جاتا ہے۔ کیونکہ اپنوں سے توقع ہوتی ہے، اعتماد ہوتا ہے، اور جب وہی اعتماد ٹوٹتا ہے تو دل کے ساتھ روح بھی زخمی ہو جاتی ہے۔

اپنے وہ ہوتے ہیں جن کے سامنے انسان نقاب نہیں پہنتا، جن کے سامنے خود کو چھپانے کی ضرورت نہیں ہوتی۔ مگر جب یہی لوگ انسان کی کمزوریوں کو ہتھیار بنا لیں، اس کے زخموں پر نمک چھڑکیں، تو تکلیف دوگنی ہو جاتی ہے۔ کیونکہ درد کے ساتھ ساتھ ایک سوال بھی جنم لیتا ہے :*کیا میں واقعی اتنا غیر اہم تھا؟*

اکثر اپنوں کے دیے زخم شور نہیں مچاتے، یہ خاموشی میں لگتے ہیں۔ ایک بے وقت جملہ، ایک نظرانداز کیا ہوا لمحہ، ایک وعدہ جو پورا نہ ہو سکا—یہ سب چھوٹے لگتے ہیں، مگر دل میں گہرے نشان چھوڑ جاتے ہیں۔ یہ زخم دکھائی نہیں دیتے، مگر ہر سانس کے ساتھ محسوس ہوتے ہیں۔

ان زخموں کی سب سے تلخ بات یہ ہے کہ ان کے خلاف بولنے کی ہمت نہیں ہوتی۔ کیونکہ بولیں تو رشتہ ٹوٹنے کا ڈر، خاموش رہیں تو خود ٹوٹنے کا خوف۔ انسان اسی کشمکش میں خود کو قربان کر دیتا ہے، رشتے بچانے کے لیے اپنے آپ کو ہارتا چلا جاتا ہے۔

اپنوں سے ملا درد انسان کو بدگمان نہیں، محتاط بنا دیتا ہے۔ وہ ہنستے ہوئے بھی دل میں فاصلہ رکھنا سیکھ لیتا ہے۔ وہ اعتماد تو کرتا ہے، مگر پورا نہیں۔ وہ محبت تو دیتا ہے، مگر ڈر کے ساتھ کیونکہ ایک بار ٹوٹا ہوا یقین آسانی سے نہیں جڑتا۔

کچھ زخم وقت کے ساتھ بھر جاتے ہیں، مگر اپنوں کے دیے زخم یادوں میں زندہ رہتے ہیں۔ ہر ملنے پر، ہر بات پر، ہر خاموشی میں وہ زخم ہلکے سے جاگ اٹھتے ہیں، جیسے دل کو یاد دلانا چاہتے ہوں کہ احتیاط ضروری ہے۔

سب سے زیادہ تکلیف اس وقت ہوتی ہے جب انسان یہ سمجھ جاتا ہے کہ سامنے والا کبھی اپنی غلطی مانے گا ہی نہیں۔ تب زخم کے ساتھ ناانصافی کا درد بھی شامل ہو جاتا ہے، اور یہی درد سب سے زیادہ بھاری ہوتا ہے۔

اپنوں سے ملنے والے زخم انسان کو مضبوط ضرور بناتے ہیں، مگر اس قیمت پر کہ وہ معصومیت چھن جاتی ہے۔ وہ بھروسہ جو کبھی بغیر سوال کے دیا جاتا تھا، اب ہر قدم پر سوچ سمجھ کر دیا جاتا ہے۔ کاش اپنوں کو یہ احساس ہو جائے کہ ان کے لفظ، ان کا رویہ، ان کی بے توجہی کسی کی پوری دنیا ہلا سکتی ہے۔ کاش وہ جان لیں کہ اپنوں کے ہاتھوں لگا زخم کبھی معمولی نہیں ہوتا۔
کیونکہ سچ یہی ہے کہ
اپنوں سے ہی ملنے والے زخم، سب سے زیادہ دیر تک دکھتے ہیں۔

شعر:-
غیروں نے تو دشمنی نبھائی باخبر ہو کر
اپنوں نے ہمیں توڑا بہت بے خبر ہو کر
وہ زخم جو نامِ محبت میں ملے ہمیں
زندہ رہے دل میں عمر بھر ہمسفر ہو کر

~ مُنتہا رِیاض لُون

5- وقت جو مرہم بھی ہے اور زخم بھی

وقت کو اکثر مرہم کہا جاتا ہے، مگر سچ یہ ہے کہ وقت خود بھی ایک زخم ہے۔ یہ زخم دکھائی نہیں دیتا، مگر ہر گزرتے لمحے کے ساتھ محسوس ہوتا ہے۔ وقت کچھ دردوں کو دھندلا ضرور کر دیتا ہے، مگر کچھ یادوں کو اور بھی گہرا کر دیتا ہے۔ یہی وقت کی سب سے بڑی ستم ظریفی ہے کہ یہ بیک وقت شفا بھی دیتا ہے اور تکلیف بھی۔
کچھ زخم ایسے ہوتے ہیں جن پر وقت آہستہ آہستہ مرہم رکھ دیتا ہے۔ انسان سیکھ لیتا ہے جینا، مسکرانا، آگے بڑھنا۔ مگر اس مرہم کے نیچے بھی ایک نشان باقی رہ جاتا ہے، جو یاد دلاتا ہے کہ کبھی یہاں درد تھا۔ وقت درد کو ختم نہیں کرتا، صرف برداشت کے قابل بنا دیتا ہے۔
اور پھر کچھ زخم ایسے بھی ہوتے ہیں جنہیں وقت اور گہرا کر دیتا ہے۔ یادیں دھندلی ہونے کے بجائے واضح ہو جاتی ہیں، چہرے بھولنے کے بجائے آنکھوں کے سامنے آ جاتے ہیں، اور لمحے بار بار دل میں لوٹ آتے ہیں۔ ایسے میں وقت مرہم نہیں رہتا، نمک بن جاتا ہے۔
وقت انسان کو بدل دیتا ہے۔ وہی انسان جو کبھی حساس تھا، اب محتاط ہو جاتا ہے۔ جو کبھی کھل کر ہنستا تھا، اب مسکراہٹ ناپ تول کر کرتا ہے۔ یہ تبدیلی بھی وقت کا ہی کمال ہے، اور یہی تبدیلی ایک خاموش زخم کی صورت اختیار کر لیتی ہے۔
سب سے زیادہ تکلیف دہ وہ وقت ہوتا ہے جو کچھ لوٹا نہیں سکتا۔ وہ لمحے جو اگر واپس آ جائیں تو شاید سب ٹھیک ہو جائے، مگر وقت انہیں لے کر آگے بڑھ جاتا ہے، اور انسان پیچھے رہ جاتا ہے یادوں کے ساتھ یہی احساس بے بسی وقت کو ایک زخم بنا دیتا ہے۔
وقت کی ایک اور تلخی یہ ہے کہ یہ انسان کو عادی بنا دیتا ہے۔ وہ درد جو کبھی ناقابلِ برداشت تھا، ایک دن معمول لگنے لگتا ہے۔
انسان سوچتا ہے کہ شاید یہی زندگی ہے، اور یہی سوچ دل کے اندر کسی کونے میں اداسی کو مستقل ٹھکانہ دے دیتی ہے۔
کچھ لوگ وقت کے ساتھ جدا ہو جاتے ہیں، مگر ان کی کمی وقت کے ساتھ کم نہیں ہوتی۔ الٹا، ہر گزرتے دن کے ساتھ ان کی اہمیت کا

احساس بڑھتا جاتا ہے۔ وقت یہاں مرہم بننے میں ناکام ہو جاتا ہے، اور صرف خلا چھوڑ جاتا ہے۔

وقت ہمیں مضبوط ضرور بناتا ہے، مگر اس مضبوطی کی قیمت بہت بھاری ہوتی ہے۔ اس قیمت میں احساسات، معصومیت، اور بے فکری شامل ہوتی ہے۔ انسان جیتا تو رہتا ہے، مگر پہلے جیسا نہیں رہتا۔

کاش وقت صرف مرہم ہوتا، زخم نہ بنتا۔ کاش یہ صرف بھلاتا، یاد نہ دلاتا۔ مگر وقت اپنی فطرت نہیں بدلتا، یہ بس گزرتا رہتا ہے، اور انسان کو اپنے ساتھ بدلتا چلا جاتا ہے۔

کیونکہ آخر میں حقیقت یہی رہ جاتی ہے کہ

وقت جو مرہم بھی ہے اور زخم بھی، اسی میں انسان ڈھل بھی جاتا ہے اور ٹوٹ بھی جاتا ہے۔

شعر:-

وقت نے کچھ زخموں پہ رکھا مرہم آہستہ
کچھ کو اور گہرا کیا، بہت بے رحم آہستہ
ہم جیتے رہے اس کے ہر ایک فیصلے کے ساتھ
وقت نے ہمیں توڑا بھی، بنایا بھی آہستہ

~ مُنتَہا رِیاض لُون

6- تھک جانے کا حق

انسان کو جینے کا حق دیا جاتا ہے، مگر تھک جانے کا حق نہیں۔ اس سے توقع کی جاتی ہے کہ وہ ہر حال میں مضبوط رہے، ہر زخم کے بعد کھڑا ہو، اور ہر بار مسکرا کر آگے بڑھ جائے۔ مگر کوئی یہ نہیں پوچھتا کہ مسلسل مضبوط رہتے رہتے انسان کتنا تھک چکا ہے۔ تھکن یہاں جسم کی نہیں، روح کی ہوتی ہے، اور روح کی تھکن سب سے زیادہ خاموش اور سب سے زیادہ گہری ہوتی ہے۔

بچپن سے ہمیں سکھایا جاتا ہے کہ رُکنا کمزوری ہے، تھک جانا ناکامی، اور ہار مان لینا جرم۔ ہم سیکھ لیتے ہیں کہ اپنے آنسو چھپا کر رکھیں، اپنی تھکن کو نظرانداز کریں، اور خود کو ہر قیمت پر ثابت کرتے رہیں۔ یہی سیکھ ہمیں آہستہ آہستہ اپنے ہی وجود سے دور لے جاتی ہے۔

تھک جانے کا حق دراصل سانس لینے کا حق ہے۔ یہ مان لینے کا حق ہے کہ انسان ہوں، مشین نہیں۔ مگر دنیا انسان کو اسی وقت قبول کرتی ہے جب وہ چلتا رہے، دیتا رہے، اور توقعات پر پورا اترتا رہے۔ جیسے ہی وہ رُکنے کی بات کرے، اسے کمزور قرار دے دیا جاتا ہے۔

سب سے زیادہ تھکا ہوا وہ انسان ہوتا ہے جو کبھی اپنی تھکن کا ذکر نہیں کرتا۔ وہ جو سب کے لیے وقت نکالتا ہے، سب کی بات سنتا ہے، سب کا بوجھ بانٹ لیتا ہے، مگر خود کے لیے کچھ نہیں مانگتا۔ وہ تھکتا ضرور ہے، مگر بولتا نہیں، کیونکہ اسے لگتا ہے کہ اس کی تھکن کسی کے لیے معنی نہیں رکھتی۔

کچھ لوگ اس لیے بھی نہیں تھکتے، یا یوں کہیں کہ تھکنے کا اظہار نہیں کرتے، کیونکہ ان کے پیچھے کوئی نہیں ہوتا۔ انہیں معلوم ہوتا ہے کہ اگر وہ رُک گئے تو سب کچھ بکھر جائے گا۔ یہی مجبوری ان کی طاقت بھی بن جاتی ہے اور سزا بھی۔

روح کی تھکن جسم کو بھی متاثر کرتی ہے۔ مسکراہٹ بوجھ لگنے لگتی ہے، باتیں کرنے کی خواہش ختم ہو جاتی ہے، اور تنہائی سکون کے بجائے پناہ گاہ بن جاتی ہے۔ انسان لوگوں کے بیچ رہتے ہوئے بھی اکیلا محسوس کرنے لگتا ہے۔

تھک جانے کا حق چھین لیا جائے تو انسان آہستہ آہستہ خود سے ناراض ہونے لگتا ہے۔ وہ اپنی کمزوریوں کو گناہ سمجھنے لگتا ہے،

اور اپنی تھکن کو جرم۔ یہی احساس اسے اندر سے کھوکھلا کر دیتا ہے۔

ہم ایک ایسے دور میں جی رہے ہیں جہاں کامیابی کا مطلب صرف دوڑتے رہنا ہے۔ جو رُک گیا، وہ پیچھے رہ گیا۔ جو سانس لینے لگا، وہ کمزور سمجھا گیا۔ ایسے میں تھک جانے کا حق مانگنا خود ایک بغاوت بن جاتا ہے۔

سب سے زیادہ دردناک لمحہ وہ ہوتا ہے جب انسان خود کو اجازت دینا چاہتا ہے کہ وہ تھک جائے، مگر اندر سے ایک آواز آتی ہے : *ابھی نہیں، ابھی اور برداشت کرو*۔ یہی آواز انسان کو حد سے زیادہ بوجھ اٹھانے پر مجبور کرتی ہے۔

کچھ لوگ زندگی بھر دوسروں کے لیے کھڑے رہتے ہیں، مگر کوئی ان سے یہ نہیں کہتا کہ بیٹھ جاؤ، ذرا سانس لے لو۔ یہ خاموشی، یہ نظرانداز، انسان کو اندر سے توڑ دیتا ہے۔

تھک جانا ہار مان لینا نہیں ہوتا۔ یہ خود کو بچانے کی ایک کوشش ہوتی ہے۔ مگر بدقسمتی سے اس کوشش کو بھی کمزوری سمجھ لیا جاتا ہے۔ انسان پھر اپنی تھکن کو دل میں دفن کر دیتا ہے اور مسکرا کر آگے بڑھ جاتا ہے۔

دفن کی گئی تھکن ایک دن بغاوت کر دیتی ہے۔ یہ کبھی بے وجہ آنسو بن کر نکلتی ہے، کبھی اچانک خاموشی، اور کبھی بے دلی کی صورت میں۔ تب لوگ حیران ہوتے ہیں کہ اچانک کیا ہو گیا۔

تھک جانے کا حق دراصل خود سے محبت کا حق ہے۔ یہ مان لینے کا حوصلہ ہے کہ میں سب کچھ نہیں کر سکتا، اور یہی مان لینا انسان کو دوبارہ زندہ کرتا ہے۔ مگر اس حق کو مانگنے کے لیے بھی ہمت چاہیے۔

کچھ تھکنیں ایسی ہوتی ہیں جن کا کوئی نام نہیں ہوتا۔ نہ انہیں سمجھایا جا سکتا ہے، نہ بانٹا جا سکتا ہے۔ بس محسوس کیا جا سکتا ہے، اور خاموشی سے اٹھایا جا سکتا ہے۔

انسان جب حد سے زیادہ تھک جاتا ہے تو اسے شور نہیں چاہیے ہوتا، اسے بس سکون چاہیے ہوتا ہے۔ ایک لمحہ جہاں کوئی سوال نہ ہو، کوئی توقع نہ ہو، اور کوئی بوجھ نہ ہو۔

کاش ہم ایک دوسرے کو یہ حق دے سکیں کہ تھک جائیں۔ کاش ہم کسی کے رُکنے کو اس کی کمزوری نہ سمجھیں، بلکہ اس کی ضرورت مان لیں۔ شاید تب بہت سے ٹوٹتے ہوئے لوگ بچ جائیں۔

تھک جانے کا حق مانگنا خودداری کے خلاف نہیں، بلکہ خودداری کی حفاظت ہے۔ یہ وہ حد ہے جو اگر نہ کھینچی جائے تو انسان خود کو کھو بیٹھتا ہے۔

زندگی دوڑ نہیں، سانسوں کا سفر ہے۔ اور اس سفر میں رُکنا بھی اتنا ہی ضروری ہے جتنا چلنا۔ مگر یہ بات سمجھنے میں ہم اکثر بہت دیر کر دیتے ہیں۔

آخرکار انسان کو یہ سیکھنا پڑتا ہے کہ وہ سب کچھ نہیں ہے۔ وہ انسان ہے، اور انسان کو تھک جانے کا حق ہے۔

اور یہی سب سے بڑی سچائی ہے کہ
تھک جانا کمزوری نہیں، بلکہ خود کو بچانے کا حق ہے۔

شعر:-

ہم سے ہر روز کہا گیا، اور مضبوط بنو
تھک گئے ہم، مگر کہا گیا خاموش بنو
تھک جانا اگر جرم ہے اس دنیا میں
تو مان لو، ہم یہ جرم بارہا کرتے بنو

~ مُنتَہا رِیاض لُون

7- انتظار کا درد

انتظار وہ زخم ہے جو دکھائی نہیں دیتا، مگر ہر لمحہ محسوس ہوتا ہے۔ یہ ایسا درد ہے جس میں نہ چیخ نکلتی ہے، نہ آنسو بہہ پاتے ہیں، بس دل کے اندر ایک مسلسل کھنچاؤ رہتا ہے۔ انتظار انسان کو کسی ایک لمحے میں نہیں توڑتا، یہ آہستہ آہستہ اس کے حوصلے کھاتا ہے، امید کو تھکا دیتا ہے اور دل کو خاموشی میں گھلا دیتا ہے۔

انتظار ہمیشہ کسی کے آنے کا نہیں ہوتا، کبھی کسی جواب کا ہوتا ہے، کبھی کسی وعدے کے پورا ہونے کا، اور کبھی کسی بدلتے ہوئے رویّے کا۔ انسان ٹھہر جاتا ہے، وقت چلتا رہتا ہے، اور یہی فرق سب سے زیادہ تکلیف دہ ہوتا ہے۔ انتظار میں وقت دشمن بن جاتا ہے۔

سب سے بھاری انتظار وہ ہوتا ہے جس میں سامنے والا خاموش ہو۔ نہ ہاں، نہ نہ، بس ایک خاموشی۔ یہ خاموشی دل کو روز یہ سوال پوچھنے پر مجبور کرتی ہے کہ کیا میں واقعی اتنا غیر اہم ہوں کہ جواب بھی نہ دیا جائے؟

انتظار میں انسان خود کو روک لیتا ہے۔ وہ آگے بڑھنے سے ڈرتا ہے، کیونکہ شاید ابھی کوئی لوٹ آئے۔ وہ پیچھے بھی نہیں جا پاتا، کیونکہ امید کا ایک دھاگا اب بھی بندھا ہوتا ہے۔ یہ بیچ کی کیفیت انسان کو اندر سے تھکا دیتی ہے۔

کچھ انتظار تعلقات میں ہوتا ہے، جہاں ایک شخص بہت کچھ دینا چاہتا ہے اور دوسرا بس لیتا رہتا ہے۔ وہاں انتظار محبت کی نہیں، توجہ کی ہوتی ہے۔ اور یہ انتظار سب سے زیادہ بے عزتی کے ساتھ درد دیتا ہے۔

انتظار میں دن گزر جاتے ہیں، مگر دل ایک ہی لمحے میں اٹکا رہتا ہے۔ ہر آواز، ہر پیغام، ہر آہٹ امید بن جاتی ہے، اور ہر خاموشی مایوسی۔ یہ اتار چڑھاؤ دل کو بے قرار رکھتا ہے۔

سب سے تکلیف دہ انتظار وہ ہوتا ہے جو بے فائدہ ہو۔ جب دل کہیں اندر جانتا ہو کہ جو آنا تھا وہ نہیں آئے گا، مگر پھر بھی انتظار ختم نہ ہو پائے۔ یہ ضد نہیں، یہ بے بسی ہوتی ہے۔

انتظار انسان کو بدل دیتا ہے۔ وہ جو کبھی جلدی مان جاتا تھا، اب خاموشی سے سہنے لگتا ہے۔ وہ جو سوال کرتا تھا، اب بس دیکھتا رہتا ہے۔ یہ تبدیلی آہستہ آہستہ روح میں اترتی ہے۔

کچھ انتظار عزت چھین لیتے ہیں۔ انسان خود کو کم تر محسوس کرنے لگتا ہے، جیسے اس کا وقت، اس کی محبت، اس کی فکر کسی کے لیے اہم ہی نہ ہو۔ یہی احساس انتظار کو زخم بنا دیتا ہے۔

انتظار میں انسان خود کو دوسروں کے فیصلوں کے حوالے کر دیتا ہے۔ وہ اپنی خوشی کسی اور کے ہاتھ میں دے دیتا ہے، اور یہی سب سے خطرناک بات ہوتی ہے۔

کچھ انتظار تقدیر کے ہوتے ہیں، جن کا کوئی حل نہیں ہوتا۔ نہ انہیں جلدی کیا جا سکتا ہے، نہ چھوڑا جا سکتا ہے۔ بس جھیلا جاتا ہے، اور یہی جھیلنا سب سے زیادہ تھکا دیتا ہے۔

انتظار انسان کو امید پر زندہ رکھتا ہے، مگر یہی امید کبھی کبھی سب سے بڑا فریب بن جاتی ہے۔ انسان سوچتا ہے شاید کل بہتر ہو، اور یہ کل کبھی نہیں آتا۔

سب سے خاموش درد وہ ہے جو انتظار میں چھپا ہو۔ نہ کوئی پوچھتا ہے، نہ کوئی سمجھتا ہے۔ بس انسان اکیلا اپنے دل کے ساتھ بیٹھا رہتا ہے۔

کچھ لوگ انتظار کو وفا کہتے ہیں، مگر ہر انتظار وفا نہیں ہوتا۔ کبھی کبھی انتظار خود سے بے وفائی بھی ہوتا ہے، جب انسان خود کو روک کر کسی ایسے لمحے کا منتظر رہے جو شاید آئے ہی نہیں۔

انتظار انسان کو یہ سکھا دیتا ہے کہ وہ کم چاہنا سیکھ لے، کم مانگنا سیکھ لے، اور کم توقع رکھے۔ یہ سبق سخت ہوتا ہے، مگر دیر سے سمجھ آتا ہے۔

کاش ہم جان سکیں کہ ہر انتظار ضروری نہیں ہوتا۔ کچھ انتظار چھوڑ دینا ہی شفا بن جاتا ہے۔ مگر چھوڑنے کی ہمت ہر کسی میں نہیں ہوتی۔

انتظار کا درد اس وقت سب سے گہرا ہو جاتا ہے جب انسان مسکرا کر کہتا ہے *:کوئی بات نہیں*۔ جبکہ اندر سب کچھ بکھر چکا ہوتا ہے۔

وقت کے ساتھ کچھ انتظار ختم ہو جاتے ہیں، اور کچھ انسان کا حصہ بن جاتے ہیں۔ وہ ساتھ ساتھ چلتے ہیں، ہر خوشی میں تھوڑا سا درد ملا دیتے ہیں۔

آخرکار انسان یہ سمجھ لیتا ہے کہ انتظار ہمیشہ کسی اور کے لیے نہیں ہوتا، کبھی کبھی یہ خود کے ساتھ بھی ہوتا ہے—خود کے سنبھلنے کا، خود کے بدلنے کا۔

اور پھر یہ سچ سامنے آتا ہے کہ

انتظار کا درد وہی سمجھ سکتا ہے جو اس میں ٹوٹا ہو۔

شعر:-

ہم نے ہر وعدے پہ خود کو روک رکھا ہے
دل نے پھر بھی کسی لمحے کو تھام رکھا ہے
انتظار نے ہمیں خاموش بنا ڈالا
ہم نے جینا بھی کسی کے نام رکھا ہے

~ مُنتہٰا رِیاض لُون

8- اُمید جب بوجھ بن جائے

اُمید کو ہمیشہ زندگی کی روشنی کہا جاتا ہے، مگر ہر روشنی سکون نہیں دیتی۔ کبھی کبھی یہی اُمید انسان کے لیے سب سے بھاری بوجھ بن جاتی ہے۔ وہ بوجھ جو دل پر رکھا رہتا ہے، جو سانسوں کو گنوا دیتا ہے، اور جو انسان کو حال میں جینے نہیں دیتا۔ جب اُمید پوری نہ ہو، مگر ختم بھی نہ ہو، تب وہ سہارا نہیں رہتی، سزا بن جاتی ہے۔

اُمید ابتدا میں حوصلہ دیتی ہے۔ انسان ٹوٹ کر بھی خود کو سمیٹ لیتا ہے، کیونکہ اسے لگتا ہے کہ شاید کل بہتر ہو۔ مگر جب یہ *کل* بار بار نہ آئے، تو اُمید آہستہ آہستہ تھکا دیتی ہے۔ وہ دل کو یہ یقین دلاتی رہتی ہے کہ ابھی ہارنا نہیں، حالانکہ دل بہت پہلے ہار چکا ہوتا ہے۔

کچھ اُمیدیں دوسروں سے وابستہ ہوتی ہیں۔ کسی کے بدلنے کی اُمید، کسی کے لوٹ آنے کی اُمید، کسی کے سمجھنے کی اُمید۔ انسان بار بار خود کو قائل کرتا ہے کہ شاید اس بار سب ٹھیک ہو جائے۔ مگر ہر بار کی خاموشی اُمید کو اور بھاری بنا دیتی ہے۔ سب سے تکلیف دہ وہ اُمید ہوتی ہے جو انسان کو رُکنے پر مجبور کر دے۔ نہ آگے بڑھنے دے، نہ پیچھے ہٹنے دے۔ انسان معلق ہو جاتا ہے، ایک ایسی کیفیت میں جہاں وہ صرف انتظار کرتا ہے اور خود کو آہستہ آہستہ کھوتا جاتا ہے۔

اُمید جب بوجھ بن جائے تو خوشی بھی تھکا دیتی ہے۔ مسکراہٹ زبردستی کی لگتی ہے، اور کامیابی ادھوری محسوس ہوتی ہے۔
کیونکہ دل کے کسی کونے میں یہ احساس بیٹھا ہوتا ہے کہ جس کی اُمید تھی، وہ ابھی پوری نہیں ہوئی۔

کچھ اُمیدیں عزت چھین لیتی ہیں۔ انسان خود کو بار بار سمجھاتا ہے، بار بار جھکتا ہے، بار بار برداشت کرتا ہے—صرف اس لیے کہ اُمید زندہ رہے۔ مگر اس عمل میں وہ خود سے بہت کچھ کھو دیتا ہے۔

اُمید کا سب سے خطرناک پہلو یہ ہے کہ یہ انسان کو خود فریبی سکھا دیتی ہے۔ وہ واضح سچ کو نظرانداز کر دیتا ہے، بس اس لیے کہ اُمید ختم نہ ہو۔ اور یہی نظرانداز کیا ہوا سچ ایک دن بہت بھاری قیمت مانگتا ہے۔

جب اُمید بوجھ بن جائے تو انسان خود کو قصوروار سمجھنے لگتا ہے۔ وہ سوچتا ہے کہ شاید کمی اس میں ہے، شاید وہ کافی نہیں۔ حالانکہ حقیقت یہ ہوتی ہے کہ کچھ چیزیں انسان کے اختیار میں ہی نہیں ہوتیں۔

کچھ اُمیدیں ایسی ہوتی ہیں جنہیں چھوڑنا ضروری ہوتا ہے، مگر چھوڑنے کی ہمت نہیں ہوتی۔ کیونکہ اُمید کے ساتھ یادیں جڑی ہوتی ہیں، خواب جڑے ہوتے ہیں، اور وہ سب چھوڑ دینا آسان نہیں ہوتا۔

اُمید انسان کو مضبوط دکھاتی ہے، مگر اندر سے کھوکھلا کر دیتی ہے۔ وہ سب کے سامنے حوصلے کا مظاہرہ کرتا ہے، مگر تنہائی میں ٹوٹ جاتا ہے۔ کوئی نہیں دیکھ پاتا کہ اُمید نے اس کے کندھوں پر کتنا وزن رکھ دیا ہے۔

جب اُمید بوجھ بن جائے تو انسان دعا بھی تھک کر کرتا ہے۔ الفاظ کم پڑ جاتے ہیں، یقین ڈگمگا جاتا ہے، اور دل خاموش ہو جاتا ہے۔ یہ خاموشی دراصل اُمید کی تھکن ہوتی ہے۔

کچھ لوگ اُمید کو زندگی کہتے ہیں، مگر ہر زندگی قابلِ جینے نہیں ہوتی۔ کبھی کبھی اُمید کو چھوڑ دینا ہی اصل نجات بن جاتا ہے، مگر یہ بات سمجھنے میں عمر لگ جاتی ہے۔

اُمید انسان کو بار بار وہی زخم سہنے پر مجبور کرتی ہے۔ وہ سوچتا ہے شاید اس بار درد کم ہو، مگر درد اپنی جگہ قائم رہتا ہے۔ صرف انسان کا دل مزید کمزور ہو جاتا ہے۔

سب سے گہرا دکھ تب ہوتا ہے جب انسان یہ مان لیتا ہے کہ اُمید نے اسے زندہ نہیں رکھا، بلکہ روکے رکھا۔ آگے بڑھنے سے، خود کو بچانے سے، اور نئے راستے چننے سے۔ کچھ اُمیدیں وقت کے ساتھ خود ہی دم توڑ دیتی ہیں، اور کچھ انسان کو توڑ کر ختم ہوتی ہیں۔

فرق صرف اتنا ہوتا ہے کہ انسان نے کب خود کو ترجیح دی۔ اُمید جب حد سے بڑھ جائے تو انسان اپنی قدر بھول جاتا ہے۔ وہ دوسروں کے فیصلوں پر جینا سیکھ لیتا ہے، اور اپنی خوشی کو ثانوی بنا لیتا ہے۔

کاش ہمیں یہ سکھایا جاتا کہ اُمید رکھنا ضروری ہے، مگر خود کو قربان کر کے نہیں۔ کاش ہمیں یہ سمجھایا جاتا کہ ہر اُمید مقدس نہیں ہوتی۔

اُمید چھوڑنا ہمیشہ مایوسی نہیں ہوتا۔ کبھی کبھی یہ خود سے وفاداری کا پہلا قدم ہوتا ہے۔ مگر یہ قدم اٹھانے میں بہت حوصلہ لگتا ہے۔

جب انسان بوجھ بنی اُمید کو رکھ دیتا ہے، تب جا کر اسے ہلکا پن محسوس ہوتا ہے۔ تب وہ سانس لینا سیکھتا ہے، بغیر کسی وعدے کے سہارے۔

اور یہی سب سے کڑوا مگر سچا سبق ہے کہ
اُمید اگر بوجھ بن جائے، تو اسے چھوڑ دینا ہی شفا بن جاتا ہے۔

شعر:-
ہم نے اُمید کو سینے سے لگائے رکھا
خود کو ہر بار کسی اور پہ ہارے رکھا
اک دن سمجھ آیا یہ بوجھ تھی دل پر
تب جا کے ہم نے خود کو بھی پیارے رکھا
~ مُنتہٰا رِیاض لُون

9- غلطیاں جو زندگی بھر ساتھ رہ جاتی ہیں

کچھ غلطیاں لمحوں میں ہو جاتی ہیں، مگر ان کی سزا عمر بھر کا ساتھ مانگتی ہے۔ یہ وہ فیصلے ہوتے ہیں جو اُس وقت معمولی لگتے ہیں، مگر وقت کے ساتھ ساتھ انسان کی سوچ، اس کی نیند، اور اس کے سکون کا حصہ بن جاتے ہیں۔ انسان آگے تو بڑھ جاتا ہے، مگر وہ غلطی اس کے ساتھ ساتھ چلتی رہتی ہے، خاموشی سے، مگر مستقل۔

غلطی ہمیشہ نیت سے نہیں ہوتی۔ اکثر انسان حالات، مجبوریوں، یا جذبات کے ہاتھوں ہار جاتا ہے۔ مگر زندگی نیت نہیں دیکھتی، انجام دیکھتی ہے۔ اور انجام وہی ہوتا ہے جو انسان کو بار بار یاد دلاتا ہے کہ کبھی یہاں ایک غلط موڑ لیا گیا تھا۔

سب سے زیادہ تکلیف دہ غلطی وہ ہوتی ہے جس کا احساس بہت دیر سے ہو۔ جب سب کچھ بدل چکا ہو، جب رشتے ٹوٹ چکے ہوں، اور جب معافی بھی بے معنی لگنے لگے۔ تب انسان کے پاس صرف پچھتاوا رہ جاتا ہے، اور پچھتاوا وقت کا سب سے بھاری بوجھ ہوتا ہے۔

کچھ غلطیاں رشتوں میں ہوتی ہیں۔ ایک غلط جملہ، ایک غلط فیصلہ، ایک لمحے کی بے توجہی—اور برسوں کی قربت ٹوٹ جاتی ہے۔ انسان بعد میں سب کچھ ٹھیک کرنا چاہتا ہے، مگر کچھ ٹوٹا ہوا دوبارہ ویسا نہیں جڑتا۔

غلطیاں انسان کو بدل دیتی ہیں۔ وہ پہلے جیسا بے فکر نہیں رہتا۔ وہ ہنستے ہوئے بھی سوچتا ہے، بولتے ہوئے بھی ڈرتا ہے، اور فیصلہ کرتے ہوئے کئی بار رک جاتا ہے۔ یہ سب اس لیے کہ ایک بار کی غلطی نے اسے محتاط بنا دیا ہوتا ہے۔

کچھ غلطیاں ایسی ہوتی ہیں جن کے بارے میں کوئی اور نہیں جانتا، صرف انسان خود۔ مگر یہی غلطیاں سب سے زیادہ شور مچاتی ہیں۔ یہ راتوں کو جاگتی ہیں، خاموش لمحوں میں ابھرتی ہیں، اور دل کو بار بار ایک ہی سوال پر لا کھڑا کرتی ہیں: *کاش میں نے ایسا نہ کیا ہوتا۔*

انسان اکثر خود کو معاف نہیں کر پاتا۔ دنیا شاید آگے بڑھ جائے، لوگ شاید بھول جائیں، مگر انسان کا ضمیر ہر دن اسے وہی منظر دکھاتا ہے۔ یہی وہ قید ہے جس سے نکلنا سب سے مشکل ہوتا ہے۔

غلطیوں کا درد اس وقت اور بڑھ جاتا ہے جب انسان دیکھتا ہے کہ اس کی ایک غلطی نے کسی اور کی زندگی بدل دی۔ یہ احساس انسان کو اندر سے توڑ دیتا ہے، کیونکہ اب بات صرف اپنی نہیں رہتی۔
کچھ لوگ غلطیوں سے سیکھ لیتے ہیں، مگر سیکھنا بھی درد کے بغیر نہیں ہوتا۔ ہر سبق کے ساتھ ایک چبھن جڑی ہوتی ہے، جو یاد دلاتی ہے کہ یہ سمجھ آسانی سے نہیں آئی۔
غلطیاں انسان کو عاجز بناتی ہیں۔ وہ دوسروں کے فیصلوں کو کم سختی سے دیکھنے لگتا ہے، کیونکہ اسے معلوم ہوتا ہے کہ ہر شخص اپنی جنگ لڑ رہا ہوتا ہے۔
کبھی کبھی غلطیاں انسان کو بہتر بھی بناتی ہیں، مگر اس بہتر ہونے کی قیمت بہت بھاری ہوتی ہے۔ اس قیمت میں سکون، اعتماد، اور خود پر یقین شامل ہوتا ہے۔
کچھ غلطیاں وقت کے ساتھ دھندلی ہو جاتی ہیں، مگر ان کے اثرات باقی رہتے ہیں۔ جیسے ایک پرانا زخم جو بھر تو جاتا ہے، مگر نشان چھوڑ جاتا ہے۔
غلطیوں کا سب سے بڑا دکھ یہ ہے کہ انہیں بدلا نہیں جا سکتا، صرف قبول کیا جا سکتا ہے۔ اور قبول کرنا انسان کے لیے سب سے مشکل مرحلہ ہوتا ہے۔
انسان خود کو بار بار سمجھاتا ہے کہ سب انسان غلطی کرتے ہیں، مگر دل ہر بار یہ ماننے سے انکار کر دیتا ہے کہ کچھ غلطیاں واقعی ناقابلِ تلافی ہوتی ہیں۔
غلطیاں انسان کو حال میں جینے نہیں دیتیں۔ وہ یا تو ماضی میں پھنسا رہتا ہے، یا مستقبل سے ڈرتا رہتا ہے۔ حال کہیں بیچ میں کھو جاتا ہے۔
کچھ غلطیاں معافی کے بعد بھی ساتھ رہتی ہیں۔ کیونکہ معافی زخم بھر دیتی ہے، مگر یاد کو نہیں مٹا سکتی۔
انسان جب بہت زیادہ غلطیوں کا بوجھ اٹھا لیتا ہے تو وہ خود کو سزا دینے لگتا ہے۔ خوشیوں سے دور رہنا، خود کو تنہا رکھنا—یہ سب اسی سزا کی شکلیں ہوتی ہیں۔
کاش ہمیں یہ سکھایا جاتا کہ غلطی انسان ہونے کی علامت ہے، مگر خود کو عمر بھر مجرم سمجھنا ضروری نہیں۔ مگر یہ سبق زندگی بہت دیر سے سکھاتی ہے۔

غلطیوں کے ساتھ جینا سیکھنا ایک فن ہے۔ یہ مان لینا کہ ماضی بدلا نہیں جا سکتا، مگر حال اب بھی ہمارے ہاتھ میں ہے۔
آخرکار انسان یہ سمجھ لیتا ہے کہ غلطیاں ساتھ رہتی ہیں، مگر انہیں زندگی نہیں بننے دینا بھی ایک فیصلہ ہوتا ہے۔

شعر:-
کچھ غلطیاں ہم نے لمحوں میں کر ڈالیں
ان کی قیمت ہم نے عمروں میں ادا کر ڈالیں
لوگ کہتے ہیں بھلا دو ماضی کی باتیں
کاش یہ اتنا آسان ہوتا، کاش کر ڈالیں

~ مُنتَہا رِیاض لُون

10- جب انسان اپنے آپ سے ہار جاتا ہے

انسان کی سب سے بڑی شکست وہ نہیں ہوتی جو دنیا دیکھ لے، بلکہ وہ ہوتی ہے جو اس کے اندر کہیں خاموشی سے واقع ہو جائے۔
جب انسان اپنے آپ سے ہار جاتا ہے تو کوئی تالیاں نہیں بجتیں، کوئی الزام نہیں لگاتا، مگر اندر کچھ ہمیشہ کے لیے ٹوٹ جاتا ہے۔
یہ ہار شور نہیں مچاتی، یہ بس انسان کو آہستہ آہستہ خالی کر دیتی ہے۔
یہ ہار کسی ایک دن میں نہیں ہوتی۔ یہ چھوٹے چھوٹے سمجھوتوں، دبائے گئے احساسات، اور بار بار خود کو نظرانداز کرنے سے جنم لیتی ہے۔ جب انسان اپنی آواز کو خود ہی خاموش کرنا سیکھ لے، تب وہ ہار کی طرف پہلا قدم رکھ چکا ہوتا ہے۔
انسان اپنے آپ سے اس وقت ہارتا ہے جب وہ جانتے بوجھتے وہی راستہ اختیار کرے جو اسے توڑ رہا ہو، بس اس لیے کہ ہمت نہیں رہی بدلنے کی۔ وہ جانتا ہے کہ یہ فیصلہ غلط ہے، یہ تعلق بوجھ ہے، یہ خاموشی نقصان دہ ہے—مگر پھر بھی وہ وہیں رُکا رہتا ہے۔
یہ ہار تب بھی ہوتی ہے جب انسان خود کو کم تر سمجھنے لگے۔
جب وہ اپنی قدر دوسروں کی رائے سے ناپنے لگے، اور اپنی خوشی

کو دوسروں کی مرضی پر چھوڑ دے۔ یہی وہ لمحہ ہوتا ہے جب انسان آہستہ آہستہ خود سے دستبردار ہونے لگتا ہے۔

سب سے تکلیف دہ بات یہ ہے کہ اس ہار کا کسی کو علم نہیں ہوتا۔ دنیا سمجھتی ہے کہ سب ٹھیک ہے، کہ انسان مضبوط ہے، کہ وہ سنبھلا ہوا ہے۔ مگر اندر ایک ایسی جنگ لڑی جا رہی ہوتی ہے جس میں ہار یقینی لگنے لگتی ہے۔

جب انسان اپنے آپ سے ہار جاتا ہے تو خواب سب سے پہلے مر جاتے ہیں۔ وہ خواب جو کبھی آنکھوں میں چمکتے تھے، اب بوجھ لگنے لگتے ہیں۔ انسان خود کو یہ کہہ کر تسلی دے لیتا ہے کہ یہ *سب میرے لیے نہیں تھا*۔

یہ ہار انسان کو بے حس نہیں بناتی، بلکہ حد سے زیادہ حساس بنا دیتی ہے۔ ہر بات چبھنے لگتی ہے، ہر خاموشی بھاری لگتی ہے، اور ہر نظر سوال بن جاتی ہے۔ مگر وہ یہ سب ظاہر نہیں کرتا، کیونکہ وہ پہلے ہی بہت تھک چکا ہوتا ہے۔ اپنے آپ سے ہارنے والا انسان اکثر دوسروں کے لیے جیتا رہتا ہے۔ وہ سب کی توقعات پوری کرتا ہے، سب کی سہولت بن جاتا ہے، مگر خود کے لیے کچھ نہیں مانگتا۔ کیونکہ اس نے مانگنے کا حق بھی خود سے چھین لیا ہوتا ہے۔ یہ ہار کبھی کبھی خود سے نفرت کی شکل اختیار کر لیتی ہے۔ انسان آئینے میں خود کو دیکھ کر بھی مطمئن نہیں ہوتا۔ وہ اپنی ہی ذات میں نقص تلاش کرتا رہتا ہے، جیسے وہی ہر مسئلے کی جڑ ہو۔

جب انسان اپنے آپ سے ہار جاتا ہے تو امید بھی محتاط ہو جاتی ہے۔ وہ پوری طرح ختم نہیں ہوتی، مگر اب وہ دل کو سنبھال کر رکھتی ہے، جیسے ڈرتی ہو کہ زیادہ قریب آئی تو پھر ٹوٹ جائے گی۔

یہ ہار انسان کو تنہا کر دیتی ہے، چاہے وہ لوگوں کے درمیان ہی کیوں نہ ہو۔ وہ باتیں تو کرتا ہے، مگر دل شامل نہیں ہوتا۔ وہ ہنستا تو ہے، مگر خوشی اس ہنسی کا حصہ نہیں ہوتی۔

کبھی کبھی انسان اپنے آپ سے اس لیے ہارتا ہے کیونکہ وہ بہت دیر تک لڑتا رہا ہوتا ہے۔ وہ ہار ماننا نہیں چاہتا، مگر تھکن آخرکار اسے گھیر لیتی ہے۔ یہ ہار کمزوری نہیں، تھکن کا اعلان ہوتی ہے۔

سب سے خاموش المیہ یہ ہے کہ انسان اس ہار کو قبول بھی کر لیتا ہے۔ وہ خود کو سمجھا لیتا ہے کہ شاید یہی اس کی قسمت ہے، یہی اس کا مقدر۔ اور یہی مان لینا اسے مزید پیچھے لے جاتا ہے۔

اپنے آپ سے ہار جانا دراصل خود سے تعلق ٹوٹنے کا نام ہے۔ وہ تعلق جو انسان کو زندہ رکھتا ہے، جو اسے اٹھنے کی وجہ دیتا ہے۔
جب وہی تعلق کمزور پڑ جائے، تو باقی سب بے معنی لگنے لگتا ہے۔
کاش انسان یہ سمجھ پائے کہ اپنے آپ سے ہار جانا آخری سچ نہیں ہوتا۔ یہ ایک لمحہ ہوتا ہے، ایک کیفیت، جس سے نکلنا ممکن ہوتا ہے—اگر کوئی ہاتھ خود کو تھام لے۔
خود کو تھامنا سب سے مشکل کام ہے۔ کیونکہ اس کے لیے یہ ماننا پڑتا ہے کہ میں ٹوٹا ہوں، میں تھکا ہوں، اور مجھے مدد چاہیے۔
مگر یہی مان لینا اصل بہادری ہے۔
انسان جب اپنے آپ سے دوبارہ بات کرنا سیکھ لیتا ہے، تب کہیں جا کر یہ ہار ختم ہونے لگتی ہے۔ آہستہ آہستہ، بغیر شور کے، بغیر اعلان کے۔
زندگی میں بہت سی جنگیں ہوتی ہیں، مگر سب سے اہم جنگ انسان کی اپنے آپ کے ساتھ ہوتی ہے۔ اور اس جنگ میں ہار مان لینا سب سے زیادہ تکلیف دہ ہوتا ہے۔
مگر شاید سب سے ضروری بات یہی ہے کہ جب انسان اپنے آپ سے ہار جاتا ہے، تب بھی واپسی کا راستہ مکمل طور پر بند نہیں ہوتا۔

شعر:-
ہم سب سے جیتے، مگر خود سے ہار آئے
اپنی ہی نظر میں ہم گنہگار آئے
دنیا نے کہا، تم بہت مضبوط ہو
کاش کوئی پوچھتا، ہم کہاں سے ٹوٹ کر آئے

~ مُنتَہا رِیاض لُون

حصہ دوم: باتیں (مکالمے، غور و فکر، سچائیاں)

یہ حصہ میری زندگی کی اُن باتوں کا عکس ہے جو میں نے کبھی کہی نہیں، مگر دل میں ہر دن دہراتا رہا۔ یہ وہ مکالمے ہیں جو میں نے دوسروں سے کم اور خود سے زیادہ کیے۔ میں نے سیکھا کہ بات کرنا ہمیشہ لفظوں کا محتاج نہیں ہوتا؛ کبھی سننا، کبھی چپ رہنا، اور کبھی بس دل میں سوال رکھ لینا بھی ایک مکمل گفتگو ہوتی ہے۔ اس حصے میں درج ہر بات میری اپنی زندگی کے تجربات سے نکلی ہے—ناکامیوں سے، رشتوں سے، خاموشیوں سے، اور اُن سچائیوں سے جنہیں ماننے میں برسوں لگ گئے۔

میں نے دیکھا کہ کچھ باتیں زندگی بدل دیتی ہیں، کچھ انسان کو توڑتی ہیں، اور کچھ اُسے دوبارہ جوڑ دیتی ہیں۔ خدا سے کی گئی خاموش باتیں، ماں کی بے آواز نصیحت، دوست کی بے سوال سمجھ، اور خود سے کی گئی سب سے مشکل گفتگو—یہ سب میرے سفر کے وہ پڑاؤ ہیں جہاں میں رکا، بکھرا، اور پھر سنبھلا۔ یہ حصہ کسی درس کا نہیں، بلکہ ایک اعتراف کا نام ہے؛ ایک ایسے انسان کا اعتراف جو سیکھتا رہا، گرتا رہا، اور باتوں کے بوجھ کے ساتھ جینا سیکھ گیا۔ اگر اِن صفحات میں آپ کو اپنی خاموشی کی آواز سنائی دے، تو سمجھ لیجیے کہ یہ کتاب نے اپنا مقصد پورا کر لیا۔

—مُنتَہا رِیاض لُون

شعر

کچھ باتیں لفظوں میں کہی ہی نہیں جاتیں
کچھ سچائیاں خاموشی میں جل ہی نہیں جاتیں
میں نے جو جیا، وہی یہاں لکھ دیا
یہ باتیں ہیں، مگر یوں ہی نہیں کہی جاتیں

—مُنتَہا رِیاض لُون

۱۔ دل سے کی گئی بات کبھی ضائع نہیں جاتی

کچھ باتیں ایسی ہوتی ہیں جو الفاظ کی محتاج نہیں ہوتیں، وہ دل سے نکلتی ہیں اور دل تک ہی پہنچتی ہیں۔ میں نے زندگی میں کئی بار یہ محسوس کیا کہ جو بات دل کے گہرے سچ سے کہی جائے، وہ چاہے فوراً سمجھی نہ جائے، مگر وقت کے ساتھ وہ اپنا اثر ضرور دکھاتی ہے۔ دل کی بات کبھی شور نہیں مچاتی، مگر اس کی گونج بہت دیر تک سنائی دیتی ہے۔
میں نے دیکھا ہے کہ سچی بات اکثر خاموش لہجے میں کہی جاتی ہے۔ نہ اس میں دکھاوا ہوتا ہے، نہ کسی کو قائل کرنے کی کوشش۔ وہ بس ایک اعتراف ہوتی ہے—اپنے آپ سے، اور کبھی کسی اور سے۔ مگر افسوس یہ ہے کہ دنیا اکثر اونچی آواز کو سچ سمجھ لیتی ہے اور خاموش سچ کو نظرانداز کر دیتی ہے۔

کبھی کبھی دل سے کی گئی بات سامنے والے کو تکلیف دیتی ہے، کیونکہ سچ آئینہ ہوتا ہے اور ہر شخص خود کو آئینے میں دیکھنے کا حوصلہ نہیں رکھتا۔ میں نے یہ بھی سیکھا کہ دل کی بات کہنا ہمت مانگتا ہے، اور سننا اس سے بھی زیادہ ہمت۔ اس لیے اکثر دل کی بات دل ہی میں رہ جاتی ہے۔

میں نے بہت سی باتیں وقت پر کہنی چاہیں، مگر حالات نے اجازت نہ دی۔ کچھ باتیں خوف کی نذر ہو گئیں، کچھ مصلحت کے بوجھ تلے دب گئیں۔ مگر جو باتیں دل میں رہ گئیں، وہ ضائع نہیں ہوئیں—وہ خاموش درد بن کر میرے اندر زندہ رہیں۔

دل سے کہی گئی بات کبھی راستہ نہیں بھولتی۔ اگر آج نہ سنی جائے تو کل کسی اور صورت میں سامنے آتی ہے۔ کبھی آنسو بن کر، کبھی تحریر بن کر، اور کبھی کسی اجنبی کے لہجے میں اپنا عکس دکھا دیتی ہے۔

میں نے یہ بھی محسوس کیا کہ دل کی بات کہنا ہمیشہ کسی اور کے لیے نہیں ہوتا، اکثر یہ اپنے آپ سے مکالمہ ہوتا ہے۔ جب انسان خود

سے سچ بولنے لگے، تو زندگی کا سب سے مشکل مرحلہ شروع ہوتا ہے۔ مگر یہی مرحلہ انسان کو اندر سے مضبوط بھی کرتا ہے۔
کچھ باتیں ایسی ہوتی ہیں جو برسوں بعد سمجھی جاتی ہیں۔ اُس وقت جب کہنے والا شاید ساتھ نہ ہو، مگر اُس کے الفاظ وقت کی دہلیز پر دستک دیتے ہیں۔ تب احساس ہوتا ہے کہ دل سے نکلی بات کبھی بے اثر نہیں ہوتی۔

میں نے اپنی زندگی میں کئی بار یہ دیکھا کہ جو بات دل سے کہی گئی، وہ اگرچہ اُس وقت رد کر دی گئی، مگر وقت نے اُسے درست ثابت کر دیا۔ اور وقت کا فیصلہ ہمیشہ خاموش مگر حتمی ہوتا ہے۔
دل کی بات کا ایک حسن یہ بھی ہے کہ اس میں خود غرضی نہیں ہوتی۔ وہ کسی فائدے کے لیے نہیں کہی جاتی، بس اس لیے کہی جاتی ہے کہ دل بوجھ سے آزاد ہو جائے۔ اور شاید یہی آزادی سب سے بڑی نعمت ہے۔

کبھی کبھی دل کی بات کہنے کے بعد انسان اکیلا ہو جاتا ہے۔ لوگ دور ہو جاتے ہیں، تعلقات بدل جاتے ہیں۔ مگر اس تنہائی میں ایک عجیب سا سکون ہوتا ہے—کم از کم انسان خود سے جھوٹ نہیں بول رہا ہوتا۔
میں نے سیکھا ہے کہ ہر بات کہنی ضروری نہیں، مگر جو کہی جائے، دل سے کہی جائے۔ آدھی سچائی، آدھا احساس—یہ سب باتوں کو بے معنی بنا دیتا ہے۔

دل کی بات میں ایک عجیب سی طاقت ہوتی ہے۔ وہ سامنے والے کو بدل دے یا نہ دے، مگر کہنے والے کو ضرور بدل دیتی ہے۔ اور شاید اصل تبدیلی یہی ہوتی ہے۔
کچھ باتیں وقت پر کہہ دی جائیں تو زخم بھر جاتے ہیں، اور اگر نہ کہی جائیں تو یہی باتیں ناسور بن جاتی ہیں۔ میں نے دونوں صورتیں جھیلی ہیں، اور دونوں کا درد مختلف مگر گہرا ہوتا ہے۔
دل سے کی گئی بات کبھی ضائع نہیں جاتی، کیونکہ وہ کسی نہ کسی شکل میں اپنا وجود منوا لیتی ہے۔ اگر لفظوں میں نہیں، تو خاموشی میں؛ اگر سامنے والے کے دل میں نہیں، تو کم از کم کہنے والے کے ضمیر میں۔

آج بھی میرے اندر بہت سی باتیں زندہ ہیں، جو کہی جا سکتی تھیں، مگر رہ گئیں۔ مگر میں جانتا ہوں کہ وہ ضائع نہیں ہوئیں۔ وہ میری سوچ، میری تحریر، اور میرے رویے میں کہیں نہ کہیں موجود ہیں۔ اور شاید یہی باتوں کا انجام ہوتا ہے—دل سے نکل کر زندگی کا حصہ بن جانا۔

شعر:-

دل سے جو بات نکلی، وہ صدا بن گئی
کہی نہ گئی پھر بھی دعا بن گئی
لوگ سمجھے نہ سمجھے، یہ الگ بات ہے
میرے سچ کی مگر یہ گواہ بن گئی

~ مُنتَہا رِیاض لُون

۲. سننے کا ہنر

سننا ایک ایسا ہنر ہے جو ہر انسان کے پاس نہیں ہوتا۔ بولنا سب جانتے ہیں، مشورے دینا سب کو آتا ہے، مگر کسی کے دل کی آواز کو خاموشی کے ساتھ سن لینا—یہ بہت کم لوگ کر پاتے ہیں۔ میں نے اپنی زندگی میں یہ شدت سے محسوس کیا کہ اکثر اوقات انسان کو جواب نہیں، صرف سننے والے کی ضرورت ہوتی ہے۔

میں نے بہت سے درد ایسے دیکھے جو اس لیے گہرے ہو گئے کیونکہ انہیں کبھی سنا ہی نہیں گیا۔ لوگ بات کہنا شروع کرتے ہیں اور سامنے والا پہلے ہی فیصلہ سنا دیتا ہے۔ اس لمحے دل بند ہو جاتا ہے، اور جو بات کہی جا سکتی تھی، وہ ہمیشہ کے لیے دفن ہو جاتی ہے۔

سننا صرف کانوں کا عمل نہیں، یہ دل کی موجودگی مانگتا ہے۔ میں نے ایسے لوگ دیکھے جو سامنے بیٹھے تو ہوتے ہیں، مگر ان کی توجہ کہیں اور ہوتی ہے۔ ان کی خاموشی سننے کی نہیں، نظرانداز کرنے کی علامت ہوتی ہے۔

زندگی نے مجھے یہ سکھایا کہ جو انسان سننا جانتا ہے، وہ آدھا درد وہیں کم کر دیتا ہے۔ ایک خاموش توجہ، ایک سر کا ہلکا سا

جھکاؤ، ایک بے آواز ہم دردی—یہ سب وہ مرہم ہیں جو الفاظ کے بغیر بھی زخم بھر سکتے ہیں۔
میں خود بھی اس غلطی کا حصہ رہا ہوں۔ کئی بار کسی نے مجھ سے بات کرنا چاہی، اور میں نے جواب دینے میں جلدی کی، سننے میں نہیں۔ بعد میں احساس ہوا کہ میں نے الفاظ تو سنے، مگر درد نہیں سنا۔
سننے کا ہنر یہ بھی سکھاتا ہے کہ ہر خاموشی خالی نہیں ہوتی۔ کچھ خاموشیاں چیخ رہی ہوتی ہیں، مگر ان کی آواز صرف وہی سن سکتا ہے جو دل سے سننے کا حوصلہ رکھتا ہو۔
میں نے یہ بھی جانا کہ سب سے مشکل بات اپنے آپ کو سننا ہے۔ اپنے اندر کی آواز، اپنی کمزوریاں، اپنے خوف—ان سب کو سننا انسان کو ننگا کر دیتا ہے۔ مگر یہی ننگاپن اصل سچ تک لے جاتا ہے۔
کچھ لوگ اس لیے نہیں سنتے کیونکہ وہ سچ سے ڈرتے ہیں۔ سننا مان لینے کے برابر ہوتا ہے، اور مان لینا انا کے لیے سب سے بھاری کام ہے۔ اسی لیے اکثر رشتے بولتے بولتے نہیں، نہ سننے کی وجہ سے ٹوٹتے ہیں۔
میں نے ایسے لمحے بھی جئے ہیں جب میں بس سننا چاہتا تھا، مگر مجھے سمجھایا گیا، نصیحت دی گئی، یا خاموش کرا دیا گیا۔ ان لمحوں میں لفظوں سے زیادہ تنہائی نے تکلیف دی۔
سننے کا ہنر تعلقات کو زندہ رکھتا ہے۔ جہاں سننا ختم ہو جائے، وہاں محبت بھی آہستہ آہستہ دم توڑ دیتی ہے۔ کیونکہ محبت صرف کہنے کا نام نہیں، سننے کا بھی نام ہے۔
کچھ باتیں صرف اس لیے نہیں کہی جاتیں کیونکہ سامنے والا سننا نہیں جانتا۔ انسان اپنے دل کو بار بار دیوار سے ٹکرا کر تھک جاتا ہے، پھر خاموشی کو اپنا مقدر بنا لیتا ہے۔
میں نے محسوس کیا کہ جو انسان غور سے سنتا ہے، وہ فیصلے کم اور سمجھ زیادہ رکھتا ہے۔ وہ باتوں کے پیچھے چھپے احساس کو پڑھ لیتا ہے، اور یہی صلاحیت اسے دوسروں سے مختلف بنا دیتی ہے۔
سننا وقت مانگتا ہے، صبر مانگتا ہے، اور خود کو پیچھے رکھنے کی طاقت مانگتا ہے۔ اسی لیے یہ ہنر ہر کسی کے بس کی بات نہیں۔

زندگی میں کچھ لوگ ایسے ہوتے ہیں جن کے سامنے دل خود بخود کھل جاتا ہے۔ وہ کچھ نہیں کہتے، بس سنتے ہیں۔ اور شاید یہی ان کی سب سے بڑی خوبی ہوتی ہے۔

میں نے سیکھا ہے کہ اگر ہم ایک دوسرے کو سچ میں سننا شروع کر دیں، تو بہت سی شکایتیں خود بخود ختم ہو جائیں۔ کیونکہ اکثر شکایتوں کی جڑ یہ ہوتی ہے کہ ہمیں کبھی سنا ہی نہیں گیا۔

سننے کا ہنر انسان کو انسان کے قریب لے آتا ہے۔ یہ فاصلے کم کرتا ہے، اور دلوں کے درمیان پل بناتا ہے۔

اور شاید اسی لیے کہا جاتا ہے کہ سننے والا کم بولنے والے سے زیادہ طاقتور ہوتا ہے۔ کیونکہ وہ الفاظ کے پیچھے چھپے درد کو سمجھ لیتا ہے۔

میں آج بھی خود کو اس ہنر میں مکمل نہیں سمجھتا، مگر سیکھ رہا ہوں۔ کیونکہ میں جان چکا ہوں کہ کبھی کبھی کسی کی زندگی بچانے کے لیے ایک جملہ نہیں، صرف ایک خاموش سننے والا چاہیے ہوتا ہے۔

شعر

وہ جو کہہ نہ سکا، میں نے سنا دل سے
اسی خاموشی نے مجھے توڑ دیا مل کے
سننے کا ہنر جو آ جائے انسان کو
تو بہت سا درد مر جاتا ہے پل میں

~ مُنتہٰا رِیاض لُون

۳. کچھ باتیں صرف خدا سے

کچھ باتیں ایسی ہوتی ہیں جو انسان کسی انسان سے نہیں کہہ پاتا۔ نہ اس لیے کہ سامنے والا برا ہو، بلکہ اس لیے کہ دل کا بوجھ لفظوں میں سمایا ہی نہیں جا سکتا۔ میں نے اپنی زندگی میں یہ شدت سے محسوس کیا ہے کہ جب ہر دروازہ بند ہو جائے، تب ایک دروازہ خود بخود کھل جاتا ہے—اور وہ خدا کا دروازہ ہوتا ہے۔

یہ وہ باتیں ہوتی ہیں جن پر انسان خود بھی حیران ہوتا ہے۔ وہ باتیں جو زبان تک آتے آتے رک جاتی ہیں، جو آنکھوں میں ٹھہر جاتی ہیں، اور جو دل میں شور مچاتی ہیں مگر باہر خاموش رہتی ہیں۔

ایسی باتیں انسان کسی دوست، کسی رشتہ دار، حتیٰ کہ اپنے سب سے قریبی انسان سے بھی نہیں کہہ پاتا۔

میں نے ایسے لمحے جئے ہیں جب لوگوں کے درمیان ہوتے ہوئے بھی خود کو تنہا پایا۔ ہر کوئی موجود تھا، مگر کوئی سننے والا نہیں تھا۔ تب میں نے آسمان کی طرف دیکھا، اور پہلی بار دل سے بات کی—بغیر سوچے، بغیر سنوارے۔

خدا سے کی گئی بات میں کوئی بناوٹ نہیں ہوتی۔ وہاں انسان اپنے دکھ چھپا نہیں سکتا، نہ اپنے آنسو۔ وہاں انسان وہ سب کہہ دیتا ہے جو دنیا کے سامنے کہنے سے ڈرتا ہے۔ شاید اسی لیے خدا سے بات کرتے ہوئے دل ہلکا ہو جاتا ہے۔

کچھ زخم ایسے ہوتے ہیں جن پر دنیا مرہم رکھنے کی کوشش بھی کرے تو درد بڑھ جاتا ہے۔ مگر خدا کے سامنے وہی زخم آنسو بن کر بہہ جائیں تو سکون دے جاتے ہیں۔ میں نے یہ سکون مانگا نہیں، بس پایا ہے۔

میں نے شکوے بھی خدا سے کیے ہیں۔ وہ شکوے جو کسی اور سے کرتا تو رشتہ ٹوٹ جاتا۔ میں نے اپنی کمزوریاں، اپنی غلطیاں، اپنی ہار—سب اس کے سامنے رکھ دی۔ کیونکہ مجھے معلوم تھا کہ وہاں کوئی فیصلہ نہیں، صرف قبولیت ہے۔

خدا سے بات کرنا اصل میں خود کو سچ کے سامنے رکھنا ہوتا ہے۔ وہاں کوئی کردار ادا نہیں کرنا پڑتا۔ نہ مضبوط بننے کی ضرورت ہوتی ہے، نہ صبر کا دکھاوا۔ وہاں بس انسان ہونا کافی ہوتا ہے۔

کبھی کبھی دعا الفاظ میں نہیں ہوتی۔ بس ایک خاموش سانس، ایک بھیگی آنکھ، یا ایک ٹوٹا ہوا دل—اور خدا سب سمجھ لیتا ہے۔ میں نے کئی بار لفظ نہ ہونے کے باوجود سنا جانا محسوس کیا ہے۔

میں نے یہ بھی جانا کہ خدا سے بات کرنے کے بعد دنیا کے الفاظ ہلکے لگنے لگتے ہیں۔ وہ باتیں جو پہلے بہت بھاری تھیں، اب قابلِ برداشت ہو جاتی ہیں۔ شاید اس لیے کہ بوجھ بانٹ لیا جاتا ہے۔

کچھ باتیں خدا سے اس لیے کی جاتی ہیں کہ انسان خود سے جھوٹ بولتے بولتے تھک جاتا ہے۔ وہاں جا کر سچ کہنا آسان ہو جاتا ہے۔ کیونکہ خدا کے سامنے سچ چھپانا ممکن ہی نہیں۔

میں نے ایسے دن بھی دیکھے ہیں جب دعا قبول نہیں ہوئی، مگر دل سنبھل گیا۔ تب مجھے سمجھ آیا کہ کبھی کبھی قبولیت جواب میں نہیں، طاقت میں ہوتی ہے۔

خدا سے بات کرتے ہوئے انسان یہ بھی سیکھتا ہے کہ ہر سوال کا جواب فوراً نہیں ملتا۔ کچھ جواب وقت میں لپٹے ہوتے ہیں۔ اور کچھ جواب خاموشی میں۔

میں نے بارہا یہ محسوس کیا کہ خدا سے کی گئی بات انسان کو بدل دیتی ہے۔ حالات وہی رہتے ہیں، مگر برداشت بدل جاتی ہے۔ نظر بدل جاتی ہے۔

کچھ باتیں خدا سے اس لیے بھی کی جاتی ہیں کہ انسان دوسروں کو معاف نہیں کر پا رہا ہوتا۔ وہاں جا کر معافی مانگنا بھی آسان ہو جاتا ہے، اور معاف کرنا بھی۔

میں نے یہ بھی سیکھا کہ خدا سے بات کرنے کے لیے وقت نہیں، نیت چاہیے۔ ایک سجدہ، ایک آہ، ایک لمحہ—اور بات پہنچ جاتی ہے۔

کبھی کبھی خدا سے بات کرتے ہوئے آنسو بہتے ہیں، اور کبھی بے اختیار مسکراہٹ آ جاتی ہے۔ کیونکہ دل جانتا ہے کہ جس سے بات ہو رہی ہے، وہ سن رہا ہے۔

میں نے اپنی سب سے گہری تنہائی میں خدا کو سب سے قریب پایا ہے۔ جب کوئی ساتھ نہ تھا، تب بھی ایک احساس تھا کہ میں اکیلا نہیں ہوں۔

خدا سے بات انسان کو خاموش ہونا سکھاتی ہے۔ وہ خاموشی جو شور نہیں، سکون ہوتی ہے۔ وہ خاموشی جو دل کو تھام لیتی ہے۔

کچھ باتیں خدا سے اس لیے بھی کہی جاتی ہیں کہ انسان ہار چکا ہوتا ہے۔ اور وہاں ہار مان لینا بھی ایک دعا بن جاتا ہے۔

میں نے مانگا بھی ہے، اور صرف کہا بھی ہے۔ کبھی کچھ چاہا، کبھی بس دل خالی کیا۔ اور دونوں صورتوں میں مجھے سنا گیا۔

خدا سے بات کرنے کا سب سے خوبصورت پہلو یہ ہے کہ وہاں کوئی ماضی نہیں، کوئی مستقبل نہیں—صرف حال ہوتا ہے۔ اور حال میں خدا بہت قریب ہوتا ہے۔

کبھی کبھی انسان کو جواب نہیں، بس یقین چاہیے ہوتا ہے۔ اور خدا سے بات یہ یقین دے دیتی ہے۔

میں نے یہ بھی سیکھا کہ خدا سے بات کرنے کے بعد انسان دوسروں سے کم شکوہ کرتا ہے۔ کیونکہ دل پہلے ہی سُن لیا جاتا ہے۔

کچھ باتیں خدا سے اس لیے بھی کہی جاتی ہیں کہ انسان خود کو معاف کرنا سیکھ سکے۔ کیونکہ خود سے ناراض رہنا سب سے بھاری سزا ہوتی ہے۔

میں نے اپنے سب سے کمزور لمحوں میں خدا سے بات کی ہے۔ اور شاید وہی لمحے میرے سب سے سچے لمحے تھے۔

یہ بات میں پورے یقین سے کہہ سکتا ہوں کہ کچھ باتیں اگر انسان خدا سے نہ کرے، تو وہ باتیں انسان کو اندر سے کھا جاتی ہیں۔

خدا سے بات کرنا عبادت ہی نہیں، شفا بھی ہے۔

اور شاید اسی لیے

کچھ باتیں صرف خدا سے ہی کہی جاتی ہیں۔

شعر:-

جو کہہ نہ سکا کسی سے، وہ خدا سے کہہ آیا
دل کا بوجھ آنسوؤں میں بہا آیا
وہ خاموش رہا، مگر میں جان گیا
میری ہر آہ وہ سن کے مسکرا آیا

~ مُنتَہا رِیاض لُون

سبق:

زندگی میں ہر درد کا حل انسانوں کے پاس نہیں ہوتا۔
جب بات زبان پر بوجھ بن جائے،
جب دل کسی کے سامنے نہ کھل سکے،
تو یاد رکھیں—
خدا سننے کے لیے ہمیشہ موجود ہے۔
وہاں سچ کہنا سیکھیں،
کیونکہ سچ ہی شفا کی پہلی سیڑھی ہے۔

~ مُنتَہا رِیاض لُون

۴. الفاظ کبھی کبھی کم پڑ جاتے ہیں

کچھ لمحے ایسے ہوتے ہیں جب دل میں طوفان برپا ہوتا ہے، مگر زبان ساتھ نہیں دیتی۔ انسان بولنا چاہتا ہے، چیخنا چاہتا ہے، مگر الفاظ جیسے راستہ بھول جاتے ہیں۔ میں نے اپنی زندگی میں ایسے لمحے بارہا جئے ہیں—جہاں کہنا بہت کچھ تھا، مگر کہنے کو کچھ بھی نہ تھا۔

الفاظ کم پڑنا کمزوری نہیں، یہ احساس کی شدت کی علامت ہے۔ جب درد حد سے بڑھ جائے تو وہ لفظوں میں نہیں ڈھلتا، وہ خاموشی بن جاتا ہے۔ میں نے دیکھا ہے کہ گہرا دکھ شور نہیں کرتا، وہ اندر بیٹھ کر سانسیں گنتا ہے۔

کبھی کبھی سامنے والا سب کچھ پوچھتا ہے، مگر جواب دینے کو دل تیار نہیں ہوتا۔ اس لیے نہیں کہ اعتماد نہیں، بلکہ اس لیے کہ الفاظ سچ کا وزن اٹھا نہیں پاتے۔ کچھ سچ اتنے بھاری ہوتے ہیں کہ زبان ان کے نیچے دب جاتی ہے۔

میں نے بہت سی بار خود کو سمجھانے کی کوشش کی کہ بس کہہ دو، سب آسان ہو جائے گا۔ مگر جیسے ہی لفظ لبوں تک آئے، دل نے روک لیا۔ شاید اس لیے کہ کچھ باتیں کہی جائیں تو مزید ٹوٹ پھوٹ کا سبب بن جاتی ہیں۔

الفاظ کبھی اس لیے بھی کم پڑ جاتے ہیں کہ سامنے والا سننے کے لیے تیار نہیں ہوتا۔ انسان پہلے ہی ہارا ہوا ہوتا ہے، اور دوبارہ ہارنے کی ہمت نہیں رکھتا۔ اس لمحے خاموشی سب سے محفوظ پناہ گاہ بن جاتی ہے۔

میں نے یہ بھی محسوس کیا کہ بعض دکھ ایسے ہوتے ہیں جن کے لیے ہماری زبان تربیت یافتہ نہیں ہوتی۔ ہم خوشی، شکوہ، ناراضی کے لفظ جانتے ہیں، مگر اندر کے خلا کو بیان کرنے کا ہنر نہیں سیکھ پاتے۔

کچھ زخم ایسے ہوتے ہیں جو دکھانے سے بڑھ جاتے ہیں۔ ان کے لیے لفظ مرہم نہیں بنتے، بلکہ نمک بن جاتے ہیں۔ اس لیے انسان خاموشی اوڑھ لیتا ہے، تاکہ درد کم از کم پھیل نہ جائے۔

کبھی کبھی الفاظ اس لیے کم پڑ جاتے ہیں کہ دل خود الجھا ہوا ہوتا ہے۔ انسان خود نہیں جانتا کہ وہ کیا محسوس کر رہا ہے—غم ہے،

مایوسی ہے، یا بس شدید تھکن۔ جب احساس واضح نہ ہو، تو لفظ کیسے ہوں؟

میں نے یہ بھی جانا کہ محبت میں الفاظ سب سے پہلے ختم ہوتے ہیں۔ کیونکہ وہاں احساس بہت بڑا ہوتا ہے، اور زبان بہت چھوٹی۔ جو دل میں ہوتا ہے، وہ کہنے سے کم ہو جاتا ہے۔

کچھ لمحوں میں آنکھیں وہ سب کہہ دیتی ہیں جو زبان نہیں کہہ پاتی۔

میں نے اپنی خاموش نگاہوں میں اپنی پوری کہانی چھپا رکھی ہے— کاش کوئی پڑھ پاتا۔

الفاظ کا کم پڑ جانا کبھی کبھی وقار بھی ہوتا ہے۔ ہر سچ چیخ کر نہیں کہا جاتا، کچھ سچ خاموشی میں زیادہ سچے لگتے ہیں۔

میں نے دیکھا ہے کہ جب انسان بہت زیادہ زخمی ہو جائے، تو وہ تفصیل دینا چھوڑ دیتا ہے۔ وہ بس اتنا کہتا ہے :*میں ٹھیک ہوں*—اور یہی سب سے بڑا جھوٹ ہوتا ہے۔

کچھ باتیں وقت مانگتی ہیں۔ آج اگر الفاظ نہیں مل رہے، تو شاید کل مل جائیں۔ مگر کچھ باتیں وقت کے ساتھ بھی لفظ نہیں پاتیں، وہ زندگی بھر احساس ہی رہتی ہیں۔

الفاظ کبھی کبھی اس لیے بھی کم پڑ جاتے ہیں کہ انسان کسی کو مزید تکلیف نہیں دینا چاہتا۔ وہ اپنے درد کو خود ہی اٹھا لیتا ہے، تاکہ کوئی اور بوجھل نہ ہو۔

میں نے سیکھا ہے کہ خاموشی کو ہمیشہ کمزوری نہ سمجھا جائے۔ بعض خاموشیاں انسان کے اندر کی آخری طاقت ہوتی ہیں۔

کبھی کبھی انسان لکھ کر وہ کہہ دیتا ہے جو بول کر نہیں کہہ پاتا۔ شاید اسی لیے میں نے لفظوں کا سہارا لیا—کیونکہ بولتے ہوئے الفاظ میرا ساتھ چھوڑ دیتے تھے۔

الفاظ کم پڑنے کا سب سے تکلیف دہ پہلو یہ ہے کہ انسان غلط سمجھا جاتا ہے۔ لوگ خاموشی کو غرور، بے رخی، یا بے حسی سمجھ لیتے ہیں، جبکہ حقیقت اس کے بالکل برعکس ہوتی ہے۔

میں نے یہ بھی محسوس کیا کہ جب الفاظ کم پڑ جائیں، تو دعا شروع ہو جاتی ہے۔ ایک ایسی دعا جس کے لیے زبان نہیں، صرف دل چاہیے۔

کچھ درد ایسے ہوتے ہیں جن کے لیے دنیا کی کوئی لغت کافی نہیں۔ وہاں صرف برداشت کام آتی ہے۔

الفاظ کبھی کبھی کم پڑ جاتے ہیں، مگر احساس باقی رہتا ہے۔ اور شاید یہی احساس انسان کو انسان بنائے رکھتا ہے۔

شعر:-
الفاظ تھے بہت، مگر کہہ نہ سکے
دل میں جو تھا، وہ سجا نہ سکے
خاموشی نے جو کہانی کہی
وہ لفظ بھی مل کر سنا نہ سکے
~ مُنتَہا رِیاض لُون

۵. سچ کہنے کی ہمت

سچ کہنا آسان نہیں ہوتا، خاص طور پر اُس دنیا میں جہاں خاموشی کو مصلحت اور جھوٹ کو حکمت کہا جاتا ہو۔ میں نے اپنی زندگی میں یہ سچ بہت قریب سے دیکھا ہے کہ سچ کا وزن الفاظ سے زیادہ ہوتا ہے، اور اسے اٹھانے کے لیے صرف زبان نہیں، ریڑھ کی ہڈی بھی مضبوط ہونی چاہیے۔
سچ کہنے کی ہمت انسان کو ایک لمحے میں تنہا کر دیتی ہے۔ وہ لوگ جو کل تک ساتھ تھے، اچانک فاصلے پر چلے جاتے ہیں۔
کیونکہ سچ آئینہ ہوتا ہے، اور ہر کوئی اپنا اصل چہرہ دیکھنے کی ہمت نہیں رکھتا۔
میں نے سچ کہنے سے پہلے کئی بار خود کو روکا۔ سوچا، اگر چپ رہا تو شاید سب ٹھیک رہے۔ مگر اندر کہیں ایک آواز تھی جو کہتی تھی کہ خاموشی بھی ایک جھوٹ ہے، اور اس جھوٹ کا بوجھ سب سے زیادہ خود اٹھانا پڑتا ہے۔
سچ کہنا صرف دوسروں کے لیے مشکل نہیں ہوتا، یہ سب سے پہلے خود کے لیے بھاری ہوتا ہے۔ اپنی غلطی ماننا، اپنی کمزوری تسلیم کرنا، اپنی ہار کا اعتراف کرنا—یہ سب سچ کے وہ چہرے ہیں جن سے انسان اکثر نظریں چرا لیتا ہے۔
میں نے یہ بھی محسوس کیا کہ سچ ہمیشہ چیخ کر نہیں کہا جاتا۔ کبھی یہ بہت دھیمے لہجے میں کہا جاتا ہے، مگر اس کی گونج بہت

دیر تک سنائی دیتی ہے۔ اور یہی گونج کچھ لوگوں کو بے چین کر دیتی ہے۔

سچ کہنے کا سب سے بڑا نقصان یہ ہے کہ لوگ آپ کو "مشکل انسان" کہنے لگتے ہیں۔ کیونکہ آپ ان کے بنائے ہوئے سکون میں خلل ڈال دیتے ہیں۔ مگر شاید یہی خلل ضروری ہوتا ہے۔

میں نے اپنی زندگی میں سچ کہہ کر بہت کچھ کھویا ہے—کچھ رشتے، کچھ سہولتیں، کچھ موقعے۔ مگر اس کے بدلے میں میں نے خود کو پایا ہے۔ اور خود کو پانا، سب کچھ پانے سے کہیں زیادہ قیمتی ہوتا ہے۔

سچ کہنے کی ہمت تب سب سے زیادہ آزمائی جاتی ہے جب خاموش رہنے میں فائدہ ہو، اور بولنے میں نقصان۔ ایسے لمحوں میں ضمیر اور مفاد آمنے سامنے کھڑے ہوتے ہیں، اور فیصلہ انسان کو خود کرنا پڑتا ہے۔

میں نے یہ بھی سیکھا کہ سچ کہنے والا انسان ہمیشہ سخت نہیں ہوتا، وہ اکثر بہت حساس ہوتا ہے۔ وہ جانتا ہے کہ جھوٹ عارضی سکون دیتا ہے، مگر دیرپا زخم چھوڑ جاتا ہے۔

کچھ لوگ سچ اس لیے نہیں کہتے کیونکہ وہ رشتے بچانا چاہتے ہیں۔ مگر میں نے دیکھا ہے کہ جو رشتے سچ سے ٹوٹ جائیں، وہ پہلے ہی کمزور ہوتے ہیں۔

سچ کہنا کبھی کبھی بدتمیزی سمجھا جاتا ہے، خاص طور پر جب سامنے والا سچ سننے کے لیے تیار نہ ہو۔ مگر سچ کی ذمہ داری یہ نہیں کہ وہ خوشگوار ہو، اس کی ذمہ داری بس سچا ہونا ہے۔

میں نے یہ بھی محسوس کیا کہ سچ کہنا انسان کو آہستہ آہستہ آزاد کر دیتا ہے۔ وہ خوف ختم ہو جاتا ہے جو چھپانے سے پیدا ہوتا ہے۔ اور خوف کے ختم ہوتے ہی سانس لینا آسان ہو جاتا ہے۔

کچھ سچ ایسے ہوتے ہیں جو کہنے کے بعد انسان رو پڑتا ہے۔ کیونکہ وہ سچ برسوں دل میں دبا ہوتا ہے، اور باہر آتے ہی آنکھوں سے بہہ جاتا ہے۔

سچ کہنے کی ہمت انسان کو مکمل نہیں بناتی، مگر سچا ضرور بنا دیتی ہے۔ اور شاید سچا ہونا ہی اصل کامیابی ہے۔

میں نے یہ بھی جانا کہ ہر سچ ہر جگہ کہنا ضروری نہیں۔ ہمت کا مطلب بے احتیاطی نہیں، بلکہ وقت، لہجہ اور نیت کا خیال رکھنا بھی سچ کا حصہ ہے۔

کبھی کبھی سچ کہنے کے بعد کوئی جواب نہیں ملتا۔ بس خاموشی ملتی ہے۔ مگر وہ خاموشی بھی ایک گواہی ہوتی ہے کہ سچ اپنی جگہ پر قائم ہے۔

سچ کہنے والا انسان اکثر غلط سمجھا جاتا ہے، مگر وقت گزرنے کے ساتھ وہی سچ سب سے واضح ہو جاتا ہے۔ کیونکہ وقت جھوٹ کا ساتھ نہیں دیتا۔ میں نے سچ کہہ کر خود کو مشکل میں ڈالا ہے، مگر کبھی خود سے نظریں نہیں چرائیں۔ اور یہی سکون میرے لیے کافی ہے۔ سچ کہنے کی ہمت انسان کو یہ سکھاتی ہے کہ وہ خود کو کسی کے سامنے ثابت کرنے کا محتاج نہیں رہتا۔ کیونکہ اس کا ضمیر اس کے ساتھ ہوتا ہے۔

کچھ سچ ایسے ہوتے ہیں جو بولے نہ جائیں تو انسان اندر سے مرنے لگتا ہے۔ اور بول دیے جائیں تو باہر سے زخمی ہو جاتا ہے۔ میں نے دونوں درد جھیلے ہیں۔ مگر آخرکار میں اسی نتیجے پر پہنچا ہوں کہ باہر کے زخم بھر جاتے ہیں، اندر کی موت نہیں۔

سچ کہنا انسان کو تنہا ضرور کر دیتا ہے، مگر کھوکھلا نہیں ہونے دیتا۔ اور شاید یہی سب سے بڑی جیت ہے۔

شعر

سچ کہہ کے میں نے خود کو اکیلا پایا
مگر جھوٹ کا بوجھ دل سے اُتر آیا
لوگ ناراض ہوئے، راستے بدل گئے
پر میں اپنی نظر میں سرخرو پایا

~ مُنتَہٰا رِیاض لُون

سبق / پیغام

سچ کہنا ہمیشہ آسان نہیں ہوتا،
مگر سچ کے بغیر جینا اس سے بھی زیادہ مشکل ہے۔
اگر آپ سچ اس نیت سے کہیں کہ کسی کو توڑا نہ جائے،
بلکہ حقیقت کو قبول کیا جائے—
تو یاد رکھیں،
سچ وقتی نقصان دے سکتا ہے،
مگر دیرپا سکون صرف سچ ہی دیتا ہے۔

~ مُنتَہٰا رِیاض لُون

۶. گفتگو جو زندگی بدل دے

کبھی کبھی ایک مختصر سی گفتگو پوری زندگی کا رخ بدل دیتی ہے۔ نہ وہ منصوبہ بند ہوتی ہے، نہ اس کی اہمیت کا اندازہ اُس لمحے ہوتا ہے۔ مگر وہ چند جملے دل کے کسی بند دروازے پر ایسی دستک دیتے ہیں کہ برسوں کی خاموشی ٹوٹ جاتی ہے۔

میں نے اپنی زندگی میں ایسی گفتگوئیں جھیلی ہیں جو بظاہر عام تھیں، مگر ان کے بعد میں وہ نہیں رہا جو پہلے تھا۔ کچھ باتیں اندر ایسی اترتی ہیں کہ انسان خود کو نئے سرے سے دیکھنے لگتا ہے۔

ایسی گفتگو اکثر اس وقت ہوتی ہے جب انسان تھکا ہوا ہو، الجھا ہوا ہو، اور خود سے سوال کر رہا ہو۔ اُس لمحے اگر کوئی سچ کے ساتھ، بغیر فیصلے کے بات کر لے، تو دل سنبھلنے لگتا ہے۔

گفتگو جو زندگی بدل دے، وہ چیخ کر نہیں کی جاتی۔ وہ آہستہ آہستہ دل میں جگہ بناتی ہے۔ اس میں آواز کم اور نیت زیادہ ہوتی ہے۔

میں نے دیکھا ہے کہ کچھ لوگ بات کم کرتے ہیں، مگر جب کرتے ہیں تو ان کے الفاظ وزن رکھتے ہیں۔ وہ لفظ نہیں بولتے، تجربہ بولتا ہے۔

کبھی ایک سوال انسان کو ہلا دیتا ہے:

"تم واقعی خوش ہو؟"

یہ سوال میں نے سنا بھی ہے، اور خود سے پوچھا بھی ہے۔ اور اس کے بعد بہت کچھ بدل گیا۔

کچھ گفتگو انسان کو احساس دلاتی ہے کہ وہ اکیلا نہیں ہے۔ اور یہ احساس سب سے بڑی طاقت بن جاتا ہے۔ کیونکہ اکثر انسان اس لیے ٹوٹتا ہے کہ اسے لگتا ہے، کوئی سمجھنے والا نہیں۔

میں نے ایسی گفتگو بھی جھیلی ہے جو درد دے گئی، مگر اسی درد نے مجھے سچ کے قریب کر دیا۔ ہر نرم بات شفا نہیں ہوتی، اور ہر سخت بات زخم نہیں ہوتی۔

گفتگو کا اصل کمال یہ ہے کہ وہ انسان کو سوچنے پر مجبور کر دے۔ اگر بات کے بعد انسان خاموش ہو جائے، تو سمجھ لیں بات نے اپنا کام کر دیا۔

کچھ باتیں فوراً سمجھ نہیں آتیں۔ وہ وقت کے ساتھ معنی بدلتی ہیں۔ آج جو جملہ سخت لگا، کل وہی رہنمائی بن جاتا ہے۔

میں نے یہ بھی محسوس کیا ہے کہ زندگی بدلنے والی گفتگو اکثر اجنبیوں سے ہو جاتی ہے۔ کیونکہ اجنبی کے سامنے انسان بناوٹ نہیں کرتا، اور سچ خود بخود باہر آ جاتا ہے۔
ایسی گفتگو میں نصیحت نہیں ہوتی، بس سچ ہوتا ہے۔ اور سچ ہمیشہ سیدھا دل میں لگتا ہے۔
کبھی ایک جملہ انسان کو خود سے جوڑ دیتا ہے۔
"تمہیں خود کو ثابت کرنے کی ضرورت نہیں۔"
یہ جملہ میں نے سنا، اور برسوں کا بوجھ ہلکا ہو گیا۔
میں نے یہ بھی سیکھا کہ ہر گفتگو کا مقصد جواب دینا نہیں ہوتا۔
بعض گفتگو صرف سوال چھوڑ جاتی ہیں، اور وہ سوال زندگی بھر ساتھ رہتے ہیں۔
گفتگو جو زندگی بدل دے، وہ انسان کو بدلنے کی کوشش نہیں کرتی۔
وہ بس آئینہ دکھا دیتی ہے۔
کچھ باتیں انسان کو رونے پر مجبور کر دیتی ہیں۔ اور وہ آنسو کمزوری نہیں ہوتے، وہ برسوں کے دبے ہوئے احساسات کی رہائی ہوتے ہیں۔
میں نے ایسے لمحے بھی دیکھے ہیں جب ایک گفتگو نے مجھے غلط راستے سے واپس موڑ دیا۔ اگر وہ بات نہ ہوتی، تو شاید میں خود کو کھو دیتا۔
گفتگو میں سب سے اہم چیز سننا ہے۔ کیونکہ جب انسان سچ میں سنا جائے، تو وہ خود سچ بولنے لگتا ہے۔
میں نے اپنی زندگی میں بہت سی باتیں کیں، مگر بہت کم گفتگوئیں تھیں جو یاد رہ گئیں۔ اور وہی گفتگوئیں اصل سرمایہ بن گئیں۔
کبھی ایک جملہ انسان کو حوصلہ دے دیتا ہے کہ وہ ایک دن اور جی سکے۔ اور کبھی ایک بے سوچا لفظ کسی کو اندر سے توڑ دیتا ہے۔
اسی لیے گفتگو ایک امانت ہے۔
زندگی بدلنے والی گفتگو اکثر سادہ ہوتی ہے۔ نہ اس میں فلسفہ ہوتا ہے، نہ لمبی تقریر۔ بس ایک سچی بات، صحیح وقت پر۔
میں نے یہ بھی جانا کہ گفتگو صرف دوسروں سے نہیں ہوتی، خود سے بھی ہوتی ہے۔ اور خود سے ہونے والی گفتگو سب سے مشکل اور سب سے ضروری ہوتی ہے۔
کچھ گفتگو انسان کو معاف کرنا سکھا دیتی ہے—دوسروں کو بھی، اور خود کو بھی۔

گفتگو جو زندگی بدل دے، وہ انسان کو یہ احساس دلاتی ہے کہ غلطی آخری نہیں ہوتی۔ راستہ بدلنا بھی ایک ہمت ہے۔
میں نے کئی بار خود کو ایک گفتگو کے بعد زیادہ ہلکا، زیادہ صاف، اور زیادہ سچا پایا ہے۔
ایسی گفتگو کے بعد زندگی وہی رہتی ہے، مگر نظر بدل جاتی ہے۔
اور نظر بدل جائے تو سب کچھ بدل جاتا ہے۔
کبھی ایک بات انسان کو یہ سکھا دیتی ہے کہ خاموش رہنا بھی ایک جواب ہے، اور بولنا بھی ایک ذمہ داری۔
میں نے یہ مانا ہے کہ اگر ہم بات کرنے سے پہلے اس کے اثر کے بارے میں سوچ لیں، تو شاید بہت سی زندگیاں ٹوٹنے سے بچ جائیں۔
گفتگو جو زندگی بدل دے، وہ انسان کو مکمل نہیں بناتی، مگر اسے راستہ دکھا دیتی ہے۔
اور کبھی کبھی، راستہ دکھا دینا ہی کافی ہوتا ہے۔

شعر
وہ ایک بات جو آہستہ کہی گئی
میری پوری دنیا بدل گئی
لفظ کم تھے، مگر سچ تھا گہرا
اسی گفتگو سے نئی راہ مل گئی

~ مُنتہا رِیاض لُون

۷۔ باتیں جو بچوں کو بتانی چاہئیں

بچوں سے بات کرنا آسان نہیں ہوتا، کیونکہ وہ لفظوں سے زیادہ لہجوں کو یاد رکھتے ہیں۔ میں نے یہ بات بہت دیر سے سیکھی کہ جو ہم بچوں سے نہیں کہتے، وہی باتیں اُن کی خاموشی میں پلتی رہتی ہیں۔ اور جب وہ خاموشی بولتی ہے، تو اکثر بہت دیر ہو چکی ہوتی ہے۔

ہم بچوں کو سلیبس تو پڑھا دیتے ہیں، مگر زندگی نہیں پڑھاتے۔ ہم انہیں نمبر لینا سکھاتے ہیں، مگر ہار کو برداشت کرنا نہیں سکھاتے۔ میں نے ایسے کئی بچے دیکھے ہیں جو ذہین تھے، مگر اندر سے ٹوٹے ہوئے تھے—صرف اس لیے کہ کسی نے اُن سے دل کی بات نہیں کی۔

بچوں کو یہ بتانا ضروری ہے کہ ہر وقت مضبوط رہنا لازم نہیں۔ رونا کمزوری نہیں، اور تھک جانا جرم نہیں۔ میں نے خود کو برسوں مضبوط دکھاتے دکھاتے اندر سے کھو دیا، اور کاش کوئی مجھے بچپن میں یہ سکھا دیتا کہ کمزور ہونا بھی انسان ہونے کی علامت ہے۔

ہم بچوں سے اکثر یہ نہیں کہتے کہ دنیا ہمیشہ منصف نہیں ہوتی۔ ہم انہیں خواب تو دکھاتے ہیں، مگر حقیقت کے کانٹے نہیں دکھاتے۔ جب وہ پہلی بار ٹوٹتے ہیں، تو انہیں سمجھ نہیں آتی کہ غلطی کہاں ہوئی۔

بچوں کو یہ بھی بتانا چاہیے کہ ہر محبت مکمل نہیں ہوتی۔ کچھ رشتے چھوڑ جاتے ہیں، اور یہ چھوڑا جانا اُن کی قدر کم نہیں کرتا۔ میں نے ایسے کئی نوجوان دیکھے ہیں جو ایک ٹوٹے رشتے کو اپنی پوری شناخت بنا لیتے ہیں۔

ہم بچوں کو یہ سکھاتے ہیں کہ بڑوں کی عزت کرو، مگر یہ نہیں سکھاتے کہ اپنی عزت کیسے کی جاتی ہے۔ خودداری کا سبق اگر بچپن میں نہ ملے، تو انسان ساری عمر خود کو ثابت کرنے میں گزار دیتا ہے۔

بچوں کو یہ بتانا ضروری ہے کہ غلطی کرنا سیکھنے کا حصہ ہے۔ ہر غلطی ناکامی نہیں ہوتی، مگر ہر غلطی سے انکار انسان کو اندر سے کھوکھلا کر دیتا ہے۔

ہم بچوں کو کامیابی کے قصے سناتے ہیں، مگر جدوجہد کی تھکن نہیں دکھاتے۔ اس لیے جب وہ تھکتے ہیں، تو خود کو ناکام

سمجھنے لگتے ہیں۔ کاش کوئی انہیں بتائے کہ تھکن کا مطلب یہ نہیں کہ تم کمزور ہو۔

بچوں کو یہ جاننا چاہیے کہ ہر سوال کا جواب فوراً نہیں ملتا۔ کچھ سوال زندگی بھر ساتھ رہتے ہیں، اور یہی سوال انسان کو سوچنا سکھاتے ہیں۔

ہم بچوں سے یہ بھی نہیں کہتے کہ حسد ایک فطری احساس ہے، مگر اس میں ڈوب جانا خود کو نقصان پہنچانا ہے۔ اگر انہیں احساسات کو پہچاننا نہ سکھایا جائے، تو وہ احساسات انہیں کنٹرول کرنے لگتے ہیں۔

بچوں کو یہ سکھانا چاہیے کہ اپنی بات کہنا سیکھو، مگر دوسروں کی بات سننا بھی سیکھو۔ بولنا اظہار ہے، سننا تربیت ہے۔

ہم انہیں یہ نہیں بتاتے کہ کبھی کبھی بڑوں کی بات بھی غلط ہو سکتی ہے۔ اس خاموشی میں بچے خود کو قصوروار سمجھ لیتے ہیں، حالانکہ قصور اُن کا نہیں ہوتا۔

بچوں کو یہ بتانا ضروری ہے کہ مدد مانگنا شرمندگی نہیں۔ میں نے خود بہت دیر تک مدد نہ مانگ کر خود کو تھکایا ہے، اور کاش یہ سبق مجھے بچپن میں مل جاتا۔

ہم بچوں کو یہ بھی نہیں سکھاتے کہ زندگی کا موازنہ دوسروں سے نہ کرو۔ یہ موازنہ آہستہ آہستہ خوشی کو کھا جاتا ہے۔

بچوں کو یہ جاننا چاہیے کہ ہر خواب فوراً پورا نہیں ہوتا۔ کچھ خواب وقت مانگتے ہیں، اور کچھ قربانی۔

ہم انہیں یہ تو کہتے ہیں کہ صبر کرو، مگر یہ نہیں بتاتے کہ صبر کے دوران دل کیسے سنبھالا جاتا ہے۔

بچوں کو یہ بتانا ضروری ہے کہ خاموشی ہر مسئلے کا حل نہیں، اور چیخنا بھی نہیں۔ بات کرنا، صحیح وقت پر—یہ ہنر سکھانا چاہیے۔

ہم بچوں کو ڈر کے بارے میں نہیں بتاتے۔ ڈر کو چھپانے کے بجائے سمجھانا چاہیے کہ ڈر کے ساتھ جینا بھی ایک مہارت ہے۔

بچوں کو یہ سکھانا چاہیے کہ خود سے بات کرنا سیکھو۔ کیونکہ خود سے جھوٹ بولنا سب سے خطرناک عادت ہے۔

ہم انہیں یہ نہیں بتاتے کہ کچھ لوگ بغیر وجہ چھوڑ جاتے ہیں۔ اور یہ چھوڑا جانا تمہاری ناکامی نہیں ہوتا۔

بچوں کو یہ جاننا چاہیے کہ زندگی میں ہر چیز کنٹرول میں نہیں ہوتی۔ اور یہ بات مان لینا بھی سکون دیتا ہے۔

ہم انہیں یہ نہیں سکھاتے کہ حدیں کیسے بنائی جاتی ہیں۔ نتیجہ یہ ہوتا ہے کہ وہ یا تو بہت جھک جاتے ہیں، یا بہت ٹوٹ جاتے ہیں۔

بچوں کو یہ بتانا ضروری ہے کہ تم جیسے ہو، ویسے ہی کافی ہو۔ ہر وقت بہتر بننے کی دوڑ انسان کو تھکا دیتی ہے۔

ہم بچوں کو یہ نہیں بتاتے کہ خاموشی میں بھی خدا سنتا ہے۔ شاید یہی بات انہیں اندر سے مضبوط بنا دے۔

بچوں کو یہ سکھانا چاہیے کہ کسی کی خاموشی کا مذاق نہ اڑاؤ۔
کیونکہ تم نہیں جانتے اُس خاموشی کے پیچھے کیا جنگ چل رہی ہے۔
ہم انہیں یہ نہیں بتاتے کہ وقت ہمیشہ ایک سا نہیں رہتا۔ نہ برا، نہ اچھا—یہ بات امید بھی دیتی ہے، اور صبر بھی۔

بچوں کو یہ جاننا چاہیے کہ ہر آنسو کمزوری نہیں، کچھ آنسو صفائی ہوتے ہیں۔
ہم انہیں یہ نہیں سکھاتے کہ دل ٹوٹنے کے بعد بھی جینا سیکھا جا سکتا ہے۔
بچوں کو یہ بتانا ضروری ہے کہ زندگی میں کچھ باتیں دیر سے سمجھ آتی ہیں، اور یہ دیر ناکامی نہیں۔
میں یہ سب اس لیے لکھ رہا ہوں، کیونکہ میں نے وہ سب جیا ہے جو مجھے کوئی بچپن میں نہیں بتا سکا۔

اور شاید
اگر ہم بچوں سے یہ باتیں وقت پر کہہ دیں،
تو وہ بڑے ہو کر خود سے اتنے ناراض نہ ہوں۔

شعر:-

جو بات ہمیں وقت پر کسی نے نہ کہی
وہی باتیں عمر بھر ہمیں ستاتی رہیں
اگر بچوں کو درد سمجھا دیں ہم
تو شاید اُن کی خاموشیاں نہ رلاتی رہیں

~ مُنتَہا رِیاض لُون

۸. ماں کی خاموش نصیحت

ماں کی نصیحت ہمیشہ لفظوں میں نہیں ہوتی۔ اکثر وہ خاموش رہ کر وہ بات کہہ دیتی ہے جو دنیا کی کوئی کتاب نہیں سکھا سکتی۔ میں نے اپنی زندگی میں بہت بار یہ محسوس کیا کہ ماں کی خاموشی، اس کے ہزار جملوں سے زیادہ بھاری ہوتی ہے۔

وہ کچھ نہیں کہتی، بس دیکھتی ہے۔ اور اس کی وہ نظر انسان کے اندر تک اتر جاتی ہے۔ میں نے کئی بار خود کو اس نظر سے بچانے کی کوشش کی، مگر ناکام رہا—کیونکہ اس نظر میں محبت بھی ہوتی ہے اور سچ بھی۔

ماں کی خاموش نصیحت میں شکوہ نہیں ہوتا، صرف فکر ہوتی ہے۔ وہ اپنی تکلیف کو چھپا کر اولاد کا درد اوڑھ لیتی ہے۔ شاید اسی لیے ماں کبھی تھکنے کی بات نہیں کرتی، مگر اس کی آنکھیں سب کہہ دیتی ہیں۔

میں نے اپنی ماں کو بہت کم بولتے دیکھا، مگر جب بولتی تھی تو لفظوں کی ضرورت نہیں رہتی تھی۔ اس کی خاموشی میں بھی ایک دعا ہوتی تھی، جو بغیر آواز کے آسمان تک پہنچ جاتی تھی۔

ماں جانتی ہے کہ کب بولنا نقصان دے گا۔ اس لیے وہ خاموشی اختیار کر لیتی ہے، تاکہ اولاد سیکھے، ٹھوکر کھائے، اور پھر خود سنبھل جائے۔ یہ خاموشی سزا نہیں، تربیت ہوتی ہے۔

میں نے کئی بار غلط راستہ اختیار کیا، اور ماں نے کچھ نہیں کہا۔ مگر اس کی خاموش آنکھوں نے مجھے وہ احساس دلایا جو کسی ڈانٹ نے کبھی نہیں دلایا۔

ماں کی خاموشی میں انتظار ہوتا ہے۔ وہ جانتی ہے کہ وقت اولاد کو سمجھا دے گا، جو وہ لفظوں میں نہیں سمجھا سکتی۔

کبھی کبھی ماں کچھ اس لیے نہیں کہتی کہ وہ جانتی ہے، اگر بول دی تو آنسو نکل آئیں گے۔ اور ماں کے آنسو اولاد کے لیے سب سے بھاری نصیحت ہوتے ہیں۔

میں نے یہ بھی دیکھا ہے کہ ماں اپنی تکلیف پر کبھی شور نہیں مچاتی۔ وہ درد کو دعا بنا لیتی ہے، اور اپنی اولاد کے حصے کا دکھ خود اٹھا لیتی ہے۔

ماں کی خاموش نصیحت میں قربانی چھپی ہوتی ہے۔ وہ اپنی خواہشیں، اپنے خواب، اپنے سکون—سب خاموشی سے رکھ دیتی ہے۔

میں نے اپنی ماں کو اکثر راتوں میں جاگتے دیکھا ہے، بغیر کسی آواز کے۔ اس جاگنے میں ہزار دعائیں ہوتی ہیں، اور کوئی شکوہ نہیں۔

ماں کبھی نہیں کہتی کہ میں نے تمہارے لیے کیا کیا۔ وہ بس یہ چاہتی ہے کہ اولاد ٹھیک رہے۔ اور یہی اس کی سب سے بڑی خواہش ہوتی ہے۔

ماں کی خاموشی ہمیں ذمہ داری سکھاتی ہے۔ وہ ہمیں بتاتی ہے کہ اب تم بڑے ہو رہے ہو، اب تمہیں خود فیصلہ کرنا ہے۔

میں نے کئی بار خود کو ٹوٹا ہوا پایا، اور ماں نے سوال نہیں کیا۔ بس پاس بیٹھ گئی۔ اور وہ پاس بیٹھنا ہی کافی تھا۔

ماں کی نصیحت میں آواز نہیں، لمس ہوتا ہے۔ ایک ہاتھ سر پر رکھ دینا، اور دل کا شور خاموش ہو جاتا ہے۔

کبھی کبھی ماں کچھ اس لیے نہیں کہتی کہ وہ جانتی ہے، اولاد سننے کے لیے تیار نہیں۔ وہ انتظار کرتی ہے—صحیح وقت کا۔

میں نے محسوس کیا ہے کہ ماں کی خاموشی ہمیں اپنے اندر جھانکنے پر مجبور کرتی ہے۔ وہ ہمیں خود سے بات کرنا سکھاتی ہے۔

ماں کا دکھ ہمیشہ بے آواز ہوتا ہے۔ وہ چاہتی ہے کہ اولاد ہنسے، چاہے وہ خود رو لے۔

میں نے اپنی ماں سے بہت کچھ سیکھا، بغیر کسی سبق کے۔ بس اس کی خاموشی دیکھ کر۔

ماں کی خاموش نصیحت ہمیں یہ بھی سکھاتی ہے کہ ہر بات کہی نہیں جاتی، کچھ باتیں محسوس کی جاتی ہیں۔

میں نے یہ جانا کہ ماں کی خاموشی دراصل سب سے بلند آواز ہوتی ہے—بس اسے سننے کا دل چاہیے۔

ماں کبھی یہ نہیں کہتی کہ مجھے تم سے کیا چاہیے۔ وہ بس یہ چاہتی ہے کہ تم خود کو کھو نہ دو۔

میں نے اپنی کامیابیوں میں بھی ماں کی خاموش دعا محسوس کی ہے، اور اپنی ناکامیوں میں بھی اس کا سہارا۔

ماں کی خاموش نصیحت انسان کو نرم بھی بناتی ہے اور مضبوط بھی۔

کبھی کبھی انسان پوری دنیا سے لڑ لیتا ہے، مگر ماں کی خاموشی کے سامنے ہار جاتا ہے۔

میں یہ سب اس لیے لکھ رہا ہوں کیونکہ میں جانتا ہوں—اگر ماں نہ ہوتی، تو شاید میں بھی نہ ہوتا.

اور شاید
ماں کی خاموش نصیحت
زندگی کی سب سے گہری تعلیم ہوتی ہے.

شعر

وہ کچھ نہ بولی، پھر بھی سب سمجھا گئی
ماں کی خاموش نظر مجھے راستہ دکھا گئی
لفظ تھوڑے تھے، آنکھیں دعا بن گئیں
اسی بے آواز محبت نے مجھے سنبھال لیا

~ مُنتَہا رِیاض لُون

9. دوست جو بغیر سوال سمجھے

کچھ رشتے لفظوں کے محتاج نہیں ہوتے، بس ایک خاموش موجودگی کافی ہوتی ہے. ایسے دوست زندگی میں بہت کم ملتے ہیں جو سوال نہیں کرتے، صفائیاں نہیں مانگتے، بس چہرے کی تھکن دیکھ کر دل کا حال سمجھ لیتے ہیں. میں نے زندگی میں جب سب سے زیادہ ٹوٹا، تب کسی نے یہ نہیں پوچھا کہ "کیا ہوا؟" بس ساتھ بیٹھ گیا، اور یہی ساتھ سب سے بڑی تسلی بن گیا.

زندگی کے مشکل دنوں میں سوال بوجھ بن جاتے ہیں. "کیوں؟"، "کب؟"، "کیسے؟" یہ سب زخموں کو اور گہرا کر دیتے ہیں. مگر وہ دوست جو بغیر سوال سمجھے، وہ مرہم کی طرح ہوتا ہے. وہ جانتا ہے کہ ہر درد بیان کے قابل نہیں ہوتا، اور ہر خاموشی کو توڑنا ضروری نہیں. کبھی کبھی خاموشی میں ساتھ دینا، ہزار لفظوں سے زیادہ معنی رکھتا ہے.

میں نے دیکھا ہے کہ سچے دوست وہ نہیں جو ہر وقت ہنستے ہوئے ساتھ ہوں، بلکہ وہ ہوتے ہیں جو خاموش روتے وجود کے پاس بیٹھنے کا حوصلہ رکھتے ہیں. وہ آپ کی خاموشی سے نہیں گھبراتے، نہ ہی اسے اپنی انا پر لیتے ہیں. وہ جانتے ہیں کہ یہ خاموشی وقتی ہے، اور اس کے پیچھے ایک ٹوٹا ہوا دل چھپا ہے.

ایسے دوست نصیحتیں کم اور برداشت زیادہ رکھتے ہیں۔ وہ آپ کو بدلنے کی کوشش نہیں کرتے، بلکہ آپ کو ویسا ہی قبول کرتے ہیں جیسے آپ ہیں۔ وہ آپ کے بکھرے ہوئے لفظوں کو جوڑنے کے بجائے، آپ کے بکھرے وجود کو تھام لیتے ہیں۔ ان کی موجودگی ایک غیر محسوس سہارا بن جاتی ہے۔

میں نے یہ بھی سیکھا کہ جو دوست بغیر سوال سمجھے، وہ خود بھی بہت کچھ ٹوٹ کر آیا ہوتا ہے۔ شاید اسی لیے وہ دوسروں کے درد کی زبان سمجھتا ہے۔ وہ جانتا ہے کہ کچھ دکھ ایسے ہوتے ہیں جن پر سوال نہیں، صرف خاموش احترام چاہیے ہوتا ہے۔

زندگی میں بہت سے لوگ ملتے ہیں جو باتیں سننا چاہتے ہیں، مگر کم لوگ ہوتے ہیں جو خاموشی سن سکیں۔ اور جو خاموشی سن لے، وہی اصل دوست ہوتا ہے۔ وہ نہ ماضی کھودتا ہے، نہ مستقبل کا خوف دلاتا ہے، بس حال میں آپ کے ساتھ کھڑا رہتا ہے۔

جب دنیا وضاحت مانگتی ہے، تب ایسے دوست کا بس اتنا کہنا کہ "میں ہوں" دل کو جینے کی ہمت دے دیتا ہے۔ اس ایک جملے میں اعتماد بھی ہوتا ہے، تحفظ بھی، اور وہ یقین بھی کہ آپ اکیلے نہیں ہیں۔

میں نے اپنے زخموں پر کئی ہاتھ دیکھے، مگر جو ہاتھ بغیر سوال کے آگے بڑھا، وہی سب سے زیادہ اپنا لگا۔ وہ دوست جو بغیر سوال سمجھے، دراصل رشتوں کی اس بلند سطح پر ہوتا ہے جہاں الفاظ ختم اور احساس شروع ہو جاتے ہیں۔

آخر میں میں یہی کہوں گا کہ زندگی میں اگر ایسا ایک دوست بھی مل جائے، تو سمجھو قسمت نے بہت کچھ واپس لوٹا دیا۔ کیونکہ ایسے دوست مشکل وقت میں نہیں ملتے، بلکہ مشکل وقت میں پہچانے جاتے ہیں۔

شعر

وہ سوال نہیں کرتا، بس ساتھ بیٹھ جاتا ہے
میری خاموشی کو بھی وہ بات بنا جاتا ہے
جب سب نے صفائی مانگی، وہ سمجھ گیا
ایک ایسا دوست، جو بغیر کہے سب نبھا جاتا ہے

~ مُنتَہا رِیاض لُون

10. خود سے کی گئی سب سے مشکل بات

زندگی میں سب سے مشکل گفتگو وہ نہیں ہوتی جو ہم دنیا سے کرتے ہیں، بلکہ وہ ہوتی ہے جو ہم خود سے کرتے ہیں۔ خود کے سامنے سچ رکھنا، اپنے عیب ماننا، اپنی کمزوریوں کو قبول کرنا— یہ وہ لمحے ہوتے ہیں جہاں انسان واقعی اکیلا ہوتا ہے۔ وہاں نہ کوئی تالی بجاتا ہے، نہ کوئی حوصلہ دیتا ہے، بس ایک خاموش آئینہ ہوتا ہے اور ایک سوال :*کیا میں خود سے سچ بول رہا ہوں؟*

میں نے کئی بار دوسروں کو سمجھایا، ان کے درد کو لفظ دیے، ان کے زخموں پر مرہم رکھا، مگر جب بات خود کی آئی تو الفاظ بکھر گئے۔ خود سے بات کرنا ایسے ہے جیسے اندھیرے میں چراغ جلانا—روشنی بھی اپنی ہوتی ہے اور خوف بھی۔ کیونکہ جو دکھ ہم دوسروں سے چھپا لیتے ہیں، وہ خود کے سامنے بے نقاب ہو جاتے ہیں۔

خود سے بات کرتے ہوئے سب سے پہلے انا ٹوٹتی ہے۔ وہ انا جو ہمیں ہمیشہ درست ثابت کرنا چاہتی ہے، وہ انا جو غلطی ماننے سے انکار کرتی ہے۔ مگر سچ یہ ہے کہ جب تک انسان خود کے سامنے نہیں جھکتا، وہ کسی کے سامنے مضبوط نہیں ہو سکتا۔ خود سے کی گئی پہلی سچی بات، سب سے زیادہ تکلیف دیتی ہے۔

میں نے خود سے پوچھا کہ کیا میں واقعی خوش ہوں؟ اور جواب میں ایک لمبی خاموشی ملی۔ وہ خاموشی جس میں برسوں کی تھکن، ادھورے خواب اور دبے ہوئے آنسو شامل تھے۔ تب احساس ہوا کہ خود سے جھوٹ بولنا آسان ہے، مگر خود سے سچ سننا ہمت مانگتا ہے۔

یہ بات ماننا بھی مشکل ہوتا ہے کہ کچھ فیصلے غلط تھے، کچھ لوگ غلط چنے گئے، اور کچھ امیدیں بے جا تھیں۔ انسان جب یہ تسلیم کر لیتا ہے کہ اس نے خود کو بھی کئی بار نظرانداز کیا، تب اس کی آنکھوں میں نمی اور دل میں بوجھ ایک ساتھ اترتا ہے۔

خود سے کی گئی گفتگو میں سب سے کڑا لمحہ وہ ہوتا ہے جب ہم اپنی ناکامیوں کو بہانے دیے بغیر دیکھتے ہیں۔ نہ حالات کو الزام، نہ لوگوں کو قصوروار۔ بس ایک سادہ سا اعتراف کہ *میں بھی کمزور تھا*۔ یہی اعتراف انسان کو توڑتا بھی ہے اور جوڑتا بھی۔

میں نے خود سے کہا کہ ہر مسکراہٹ خوشی نہیں ہوتی، اور ہر خاموشی رضا نہیں ہوتی۔ کچھ خاموشیاں چیخ چیخ کر مدد مانگتی

ہیں، مگر ہم انہیں سننا نہیں چاہتے۔ کیونکہ سن لیا تو بدلنا پڑتا ہے، اور بدلنا سب سے مشکل کام ہے۔

خود سے بات کرتے ہوئے یہ بھی ماننا پڑتا ہے کہ ہم نے خود پر ظلم کیا۔ اپنی ضروریات کو مؤخر کیا، اپنے زخموں کو معمول سمجھا، اور دوسروں کی خاطر خود کو نظرانداز کیا۔ یہ اعتراف دل کو چیر دیتا ہے، مگر اسی چیر میں شفا بھی چھپی ہوتی ہے۔

جب انسان خود سے سچ بول لیتا ہے، تب آنسو بے آواز بہتے ہیں۔ وہ آنسو کسی کو دکھانے کے لیے نہیں ہوتے، بس خود کو ہلکا کرنے کے لیے ہوتے ہیں۔ اس لمحے انسان کو پہلی بار احساس ہوتا ہے کہ خود سے ہمدردی بھی ضروری ہے۔

میں نے خود سے کہا کہ اب خود کو ثابت نہیں کرنا، بس سنبھالنا ہے۔ ہر جنگ جیتنا ضروری نہیں، کچھ جنگیں چھوڑ دینا بھی بہادری ہوتی ہے۔ یہ بات ماننا آسان نہیں تھا، مگر دل نے پہلی بار سکون کا سانس لیا۔

خود سے کی گئی اس مشکل بات نے مجھے یہ سکھایا کہ معافی سب سے پہلے خود کو دی جاتی ہے۔ جب تک ہم خود کو معاف نہیں کرتے، ہم آگے نہیں بڑھ سکتے۔ پچھتاوا بوجھ بن جائے تو زندگی رک جاتی ہے۔

اس گفتگو کے بعد میں وہ نہیں رہا جو پہلے تھا۔ میں زیادہ خاموش، مگر زیادہ سچا ہو گیا۔ کم مضبوط، مگر زیادہ حقیقت کے قریب آ گیا۔ خود سے سچ بولنے نے مجھے دنیا سے نہیں، خود سے جوڑ دیا۔

آخرکار میں نے یہ مان لیا کہ خود سے بات کرنا عبادت جیسا ہے— خالص، تنہا اور بے آواز۔ اس میں دکھ بھی ہے، مگر نجات بھی۔ کیونکہ جو انسان خود کو سن لیتا ہے، وہ کسی اور کے شور کا محتاج نہیں رہتا۔

شعر

سب سے کڑی تھی وہ بات، جو خود سے کہنی پڑی
اپنی ہی آنکھوں میں آنکھیں ڈالنی پڑی
میں نے جب خود سے سچ بولنا سیکھا
تب جا کر زندگی ذرا سی سنبھلنی پڑی

~ مُنتَہا رِیاض لُون

حصہ سوم: زندگی، تعلیم اور تجربہ

زندگی نے مجھے کتابوں سے پہلے حالات کے صفحے پڑھائے۔ میں نے سیکھا کہ تعلیم صرف نصاب کا نام نہیں، بلکہ وہ تجربہ ہے جو انسان کو وقت، محرومی اور ذمہ داری سکھاتی ہے۔ کچھ سبق کلاس روم میں ملے، مگر اصل تعلیم ان راستوں پر ملی جہاں رہنمائی کم اور آزمائش زیادہ تھی۔ میں نے دیکھا کہ ہر بچہ ایک جیسا موقع لے کر پیدا نہیں ہوتا، مگر ہر دل میں کچھ بن جانے کی صلاحیت ضرور ہوتی ہے۔

میری زندگی میں خوابوں نے گاؤں کی مٹی سے شہر کی روشنی تک سفر کیا، مگر یہ سفر آسان نہ تھا۔ کمزوری میرے اندر نہیں تھی، بس مواقع کم تھے۔ کبھی ذمہ داری عمر سے پہلے کندھوں پر آ گئی، اور کبھی ناکامی نے ہاتھ پکڑ کر خود سے ملوایا۔ انہی لمحوں میں یہ سمجھ آیا کہ کامیابی اور سکون ایک جیسے نہیں ہوتے—ایک شور کرتی ہے، دوسرا خاموشی میں ملتا ہے۔

یہ حصہ میری زندگی کے انہی سبقوں کی داستان ہے، جو میں نے ٹھوکر کھا کر، گر کر اور دوبارہ اٹھ کر سیکھے۔ یہ تحریریں کسی فلسفے کی نہیں، بلکہ ایک عام انسان کے تجربات کی عکاسی ہیں، جو تعلیم، جدوجہد اور وقت کے درمیان خود کو تلاش کرتا رہا۔

شعر

کتابوں سے نہ سیکھا جو سبق زندگی نے دیا
ٹھوکر نے جو سمجھایا، وہ لفظوں میں نہ آیا
کامیابی نے پہچان دی، سکون چھن گیا
تجربہ ہی اصل استاد نکلا، یہی میں نے پایا

– مُنتَہٰا رِیاض لُون

1-تعلیم صرف کتابوں تک کیوں نہیں ہوتی

میں نے تعلیم کو ہمیشہ کتابوں کے صفحات میں تلاش کیا، مگر زندگی نے مجھے سڑکوں، کمروں، خاموشیوں اور آنکھوں کے درمیان پڑھایا۔ وہاں نہ کوئی نصاب تھا، نہ کوئی امتحان—بس حالات تھے، اور ان حالات نے جو پڑھایا، وہ کتابوں میں کہیں درج نہیں تھا۔

کتابیں ہمیں الفاظ دیتی ہیں، مگر زندگی ہمیں معنی دیتی ہے۔ میں نے بہت کچھ پڑھا، مگر بہت کچھ جیا بھی۔ اور جو جیا، وہی اصل سبق بن کر دل میں اتر گیا۔

اسکول نے مجھے جواب دینا سکھایا، زندگی نے سوال جینا سکھایا۔ ایک سوال ایسا بھی ہوتا ہے جس کا جواب نہیں، بس برداشت ہوتی ہے۔ یہی برداشت اصل تعلیم بن جاتی ہے۔

میں نے دیکھا کہ ڈگریاں انسان کو نوکری دیتی ہیں، مگر تجربہ انسان کو وقار دیتا ہے۔ اور وقار وہ چیز ہے جو کسی سرٹیفکیٹ پر درج نہیں ہوتی۔

کبھی کبھی سب سے بڑا سبق اس دن ملتا ہے جب سب کچھ چھن جاتا ہے۔ اس دن سمجھ آتا ہے کہ تعلیم صرف کامیابی کا نام نہیں، ناکامی کو سنبھالنے کا ہنر بھی ہے۔

میں نے ایسے پڑھے لکھے لوگ دیکھے جو انسانیت میں فیل تھے، اور ایسے ان پڑھ دل بھی دیکھے جو کردار میں ٹاپر تھے۔ تب جانا کہ تعلیم کا اصل امتحان رویوں میں ہوتا ہے۔

کتابیں ہمیں دنیا دکھاتی ہیں، مگر تجربہ ہمیں خود سے ملاتا ہے۔ خود سے ملنا سب سے مشکل سبق ہے، اور شاید سب سے ضروری بھی۔

میں نے کلاس روم میں بہت کچھ سیکھا، مگر اصل سبق تب ملا جب خاموشی نے بات کرنا سکھایا، اور صبر نے بولنا۔

تعلیم اگر انسان کو نرم نہ کرے تو وہ بوجھ بن جاتی ہے۔ میں نے سیکھا کہ علم کا اصل مقصد خود کو بڑا نہیں، دل کو وسیع کرنا ہے۔

زندگی نے مجھے سکھایا کہ ہر سوال کا جواب کتاب میں نہیں ہوتا۔ کچھ سوالوں کے جواب وقت دیتا ہے، اور کچھ سوالوں کو وقت ہی جواب بنا دیتا ہے۔

میں نے اپنی غلطیوں سے وہ سبق سیکھے جو کسی استاد نے نہیں پڑھائے۔ وہ غلطیاں آج بھی ساتھ ہیں، مگر اب وہ زخم نہیں، نشانِ سیکھ ہیں۔

کتابیں ہمیں بتاتی ہیں کہ کیا درست ہے، مگر زندگی ہمیں بتاتی ہے کہ درست پر قائم رہنا کتنا مشکل ہے۔

میں نے یہ بھی جانا کہ تعلیم اگر عاجزی نہ سکھائے تو وہ ادھوری ہے۔ اصل علم وہ ہے جو انسان کو جھکنا سکھا دے۔

زندگی کے تجربات نے مجھے یہ سکھایا کہ سچ بولنا کافی نہیں، سچ سہنا بھی آنا چاہیے۔ یہ سبق کہیں لکھا نہیں، بس جیا جاتا ہے۔

میں نے دیکھا کہ کچھ لوگ کم پڑھے ہوتے ہیں، مگر سمجھ میں بہت آگے ہوتے ہیں۔ اور کچھ بہت پڑھے ہوتے ہیں، مگر سمجھ میں پیچھے رہ جاتے ہیں۔

تعلیم اگر دل سے نہ اترے تو وہ صرف یادداشت رہ جاتی ہے۔ اور جو دل میں اتر جائے، وہی انسان کو بدلتا ہے۔

میں نے سیکھا کہ کامیابی کا شور عارضی ہوتا ہے، مگر ناکامی کی خاموشی دیر تک سکھاتی ہے۔

زندگی نے مجھے بتایا کہ ہر سبق خوشی سے نہیں ملتا۔ کچھ سبق آنسو مانگتے ہیں، کچھ صبر، اور کچھ تنہائی۔

کتابیں ہمیں نظریات دیتی ہیں، مگر زندگی ہمیں حقیقت دیتی ہے۔ اور حقیقت اکثر نظریات سے زیادہ سخت ہوتی ہے۔

میں نے جانا کہ تعلیم کا مقصد دوسروں کو کم ثابت کرنا نہیں، خود کو بہتر بنانا ہے۔

زندگی نے مجھے یہ بھی سکھایا کہ سیکھنا کبھی ختم نہیں ہوتا۔ ہر دن ایک نیا سبق، ہر شخص ایک نیا باب۔

میں نے کئی بار خود کو دوبارہ پڑھا، خود کو دوبارہ سمجھا۔ یہ خود شناسی، سب سے مشکل تعلیم تھی۔

کتابیں بند ہو سکتی ہیں، مگر تجربہ کبھی ختم نہیں ہوتا۔ وہ ہر دن کچھ نہ کچھ لکھتا رہتا ہے۔

تعلیم اگر زندگی سے جڑ جائے تو انسان مضبوط بنتا ہے، ورنہ وہ صرف معلومات کا بوجھ اٹھاتا رہتا ہے۔

میں نے سیکھا کہ اصل تعلیم وہ ہے جو انسان کو انسان بنا دے۔

زندگی نے مجھے بتایا کہ سیکھنے کے لیے کلاس ضروری نہیں، نیت ضروری ہے۔

کچھ سبق وقت پر نہ ملیں تو انسان ٹوٹ جاتا ہے، اور جب مل جائیں تو انسان جڑ جاتا ہے۔

میں نے مانا کہ میں سب کچھ نہیں جانتا، اور یہی مان لینا میری سب سے بڑی تعلیم بنی۔

تعلیم کا سفر کتاب سے شروع ہو سکتا ہے، مگر ختم صرف تجربے پر ہوتا ہے۔

میں نے زندگی کو استاد مان لیا، اور تب جا کر بہت کچھ سمجھ آیا۔

جو سیکھ لیا، وہی ساتھ رہا۔ باقی سب لفظ بن کر رہ گیا۔

یہی وجہ ہے کہ میں کہتا ہوں: تعلیم صرف کتابوں تک کیوں نہیں ہوتی—کیونکہ زندگی خود ایک کتاب ہے۔

اور اس کتاب کا ہر صفحہ صبر سے پڑھنا پڑتا ہے۔

کچھ سطریں آنسوؤں سے لکھی جاتی ہیں۔

اور کچھ سطریں خاموشی سے یاد رہ جاتی ہیں۔

شعر

کتاب نے مجھے لفظ دیے، زندگی نے معنی
ایک نے علم دیا، دوسری نے کہانی
جو پڑھا، وہ یاد رہا؛ جو جیا، وہ بدل گیا
تعلیم وہی ہے، جو انسان کو پہچانیں

— مُنتَہا رِیاض لُون

2-استاد صرف پڑھاتا نہیں، گھڑتا ہے

میں نے استاد کو ہمیشہ تختۂ سیاہ اور کتاب کے درمیان دیکھا، مگر وقت نے بتایا کہ استاد کا اصل کام لفظ پڑھانا نہیں، انسان گھڑنا ہوتا ہے۔ وہ ہمیں جملے نہیں، راستے دیتا ہے؛ سوال نہیں، سمت دیتا ہے۔

کلاس روم میں استاد کی آواز سنی جاتی ہے، مگر زندگی میں استاد کی خاموشی بولتی ہے۔ وہ ایک نظر میں طالبِ علم کی کمزوری پہچان لیتا ہے، اور اسی کمزوری کو طاقت بنانے کی کوشش کرتا ہے۔

میں نے ایسے اساتذہ دیکھے جنہوں نے نصاب سے زیادہ کردار پڑھایا۔ وہ نمبر نہیں پوچھتے تھے، نیت دیکھتے تھے۔ اور نیت درست ہو تو نتیجہ خود بخود سنور جاتا ہے۔

استاد کی سختی اکثر غلط سمجھی جاتی ہے، مگر وہ سختی دراصل فکر کی اولاد ہوتی ہے۔ وہ جانتا ہے کہ نرم ہاتھ ہمیشہ مضبوط انسان نہیں بناتا۔

میں نے ڈانٹ میں بھی دعا دیکھی، اور خاموشی میں بھی رہنمائی۔ استاد کا ہر لفظ ہمیں آزمانے کے لیے نہیں، سنوارنے کے لیے ہوتا ہے۔

کبھی ایک جملہ، کبھی ایک سوال—اور کبھی بس ایک نظر—یہی وہ اوزار ہیں جن سے استاد شخصیت تراشتا ہے۔

میں نے وہ دن بھی دیکھا جب ایک استاد نے میری ہمت پر یقین رکھا، تب میں نے خود پر یقین کرنا سیکھا۔ یہ وہ سبق تھا جو کسی کتاب میں نہیں تھا۔ استاد ہمیں غلطی کرنے دیتا ہے، مگر ہار ماننے نہیں دیتا۔ وہ جانتا ہے کہ ٹھوکر کے بغیر راستہ سمجھ میں نہیں آتا۔

کلاس ختم ہو جاتی ہے، مگر استاد کی باتیں عمر بھر ساتھ رہتی ہیں۔ وہ نصیحتیں بن کر نہیں، تجربہ بن کر یاد رہتی ہیں۔

میں نے سیکھا کہ استاد کا اصل امتحان نتیجہ نہیں، انسان ہوتا ہے۔ اگر طالبِ علم اچھا انسان بن جائے تو یہی سب سے بڑی کامیابی ہے۔

استاد کی محنت اکثر نظر نہیں آتی، مگر اس کا اثر نسلوں تک جاتا ہے۔ وہ اپنے آج کو شاگرد کے کل پر قربان کر دیتا ہے۔

میں نے ایسے استاد بھی دیکھے جو تنخواہ سے نہیں، ذمہ داری سے پڑھاتے تھے۔ ان کے لیے تعلیم عبادت تھی۔

استاد ہمیں بولنا نہیں، سننا سکھاتا ہے۔ خود سے، دوسروں سے، اور حالات سے۔ کبھی وہ ہمیں روک کر بچا لیتا ہے، اور کبھی چھوڑ کر مضبوط بنا دیتا ہے۔ دونوں صورتوں میں نیت ایک ہی ہوتی ہے: بہتری۔ میں نے جانا کہ استاد صرف علم نہیں دیتا، حوصلہ دیتا ہے۔ اور حوصلہ وہ سرمایہ ہے جو کبھی ختم نہیں ہوتا۔

استاد ہمیں سوال دینا سکھاتا ہے، تاکہ ہم اندھیرے میں بھی راستہ تلاش کر سکیں۔ میں نے اپنی کئی خامیاں استاد کی آنکھ میں دیکھی، اور کئی خوبیاں استاد کی محنت میں۔ استاد ہمیں وقت کی قدر سکھاتا ہے، کیونکہ وہ جانتا ہے کہ ضائع وقت، ضائع زندگی بن جاتا ہے۔

کبھی استاد ہمارے خوابوں پر یقین کرتا ہے، جب ہم خود ہار مان لیتے ہیں۔

وہ ہمیں سکھاتا ہے کہ کامیابی خاموشی سے جیو، اور ناکامی سے سیکھو۔ میں نے دیکھا کہ استاد طالبِ علم کو آئینہ دکھاتا ہے— چمک بھی، دھبے بھی۔

استاد کا اثر لفظوں میں نہیں، رویّوں میں ظاہر ہوتا ہے۔ وہ ہمیں عاجزی سکھاتا ہے، کیونکہ علم کے ساتھ غرور سب سے بڑا جہل ہے۔ استاد ہمیں انسانوں میں فرق کرنا نہیں، انسان بننا سکھاتا ہے۔

میں نے جانا کہ استاد کی سب سے بڑی پہچان اس کا شاگرد ہوتا ہے۔

کلاس ختم، سبق شروع — یہی استاد کا فلسفہ ہے۔ وہ ہمیں وقت سے پہلے بالغ کر دیتا ہے، تاکہ زندگی کے بوجھ سنبھال سکیں۔

استاد کی امید، شاگرد کی ہمت بن جاتی ہے۔ میں نے استاد کے سامنے جھکنا سیکھا، تب جا کر زندگی کے سامنے کھڑا ہونا آیا۔ استاد ہمیں جیت نہیں سکھاتا، خود کو ہارنے سے بچاتا ہے۔

وہ ہمیں خود پر محنت کرنا سکھاتا ہے، نہ کہ دوسروں پر تنقید۔ میں نے دیکھا کہ استاد کا نام شاید کتاب پر نہ ہو، مگر طالبِ علم کی تقدیر پر لکھا ہوتا ہے۔ استاد کے بغیر تعلیم ادھوری ہے، اور تعلیم کے بغیر انسان۔ وہ گھڑتا ہے— خیال، کردار، اور مستقبل۔ اسی لیے میں کہتا ہوں: استاد صرف پڑھاتا نہیں، گھڑتا ہے۔

شعر

وہ لفظ نہیں، ہمیں کردار سکھا گیا
ہر ٹھوکر میں ہمیں سنبھلنا سکھا گیا
استاد تھا، اس لیے ہم بن سکے
وہی ہمیں انسان بنانا سکھا گیا

~ مُنتَہا رِیاض لُون

.3-ہر بچہ امیر نہیں، مگر ہر بچہ قابل ہے

ہر بچہ ایک جیسے خواب لے کر پیدا نہیں ہوتا، مگر ہر بچہ خواب دیکھنے کی صلاحیت ضرور لے کر آتا ہے۔ فرق صرف اتنا ہوتا ہے کہ کسی کے خواب نرم بستر پر پلتے ہیں اور کسی کے خواب سخت فرش پر۔ میں نے زندگی میں یہ سچ بہت قریب سے دیکھا ہے کہ غربت ذہن کو نہیں مارتا، بس آواز چھین لیتی ہے۔

کچھ بچے اسکول میں خاموش رہتے ہیں، اس لیے نہیں کہ وہ کم سمجھدار ہوتے ہیں، بلکہ اس لیے کہ انہیں سنا نہیں جاتا۔ ان کے پاس سوال بھی ہوتے ہیں، جواب بھی، مگر اعتماد نہیں ہوتا۔ اعتماد وہ چیز ہے جو اکثر پیسے کے ساتھ آتی ہے۔

میں نے ایسے بچوں کو دیکھا ہے جو کتاب سے زیادہ حالات پڑھ چکے ہوتے ہیں۔ ان کی عمر کم ہوتی ہے، مگر آنکھوں میں وقت کی تھکن ہوتی ہے۔ وہ کھیل کم اور سوچ زیادہ لیتے ہیں۔ یہی سوچ بعد میں ان کی طاقت بن جاتی ہے، اگر موقع مل جائے۔

دنیا قابلیت کو اکثر نمبروں میں تولتی ہے۔ جو آگے بیٹھا ہو، صاف کپڑوں میں ہو، روانی سے بولتا ہو—اسی کو قابل سمجھ لیا جاتا ہے۔ مگر جو بچہ خاموش ہو، پیچھے بیٹھا ہو، اس کی صلاحیت اکثر نظرانداز ہو جاتی ہے۔

ہر بچہ امیر نہیں ہوتا، مگر ہر بچہ ایک کہانی ہوتا ہے۔ کچھ کہانیاں آسانی سے پڑھی جاتی ہیں، کچھ کو سمجھنے کے لیے دل چاہیے ہوتا ہے۔ مسئلہ یہ ہے کہ ہمارے پاس وقت کم اور فیصلے زیادہ ہوتے ہیں۔

میں نے سیکھا کہ وسائل نہ ہونا کمزوری نہیں، موقع نہ ملنا اصل زخم ہے۔ بہت سے ہنر اسی زخم کے نیچے دفن ہو جاتے ہیں۔ وہ سامنے آ ہی نہیں پاتے، اس لیے نہیں کہ وہ کم تھے، بلکہ اس لیے کہ انہیں موقع نہیں دیا گیا۔

کچھ بچے اپنی صلاحیت کو خود بھی پہچان نہیں پاتے، کیونکہ انہیں کبھی بتایا ہی نہیں جاتا کہ وہ بھی کچھ کر سکتے ہیں۔ حوصلہ اگر وقت پر نہ ملے تو قابلیت خود پر شک کرنے لگتی ہے۔

غربت بچے سے خواب نہیں چھینتی، بس اسے جلدی بڑا کر دیتی ہے۔ وہ حساب کتاب جلدی سیکھ لیتا ہے، مگر اپنے لیے سوچنا بھول جاتا ہے۔ وہ دوسروں کی ضرورت بن جاتا ہے، مگر اپنی ضرورت پیچھے رہ جاتی ہے۔

میں نے دیکھا ہے کہ جو بچہ سہولتوں کے بغیر آگے بڑھتا ہے، اس کی کامیابی زیادہ خاموش ہوتی ہے۔ وہ شور نہیں مچاتا، بس ثابت کر دیتا ہے۔ مگر افسوس، دنیا شور کو زیادہ پہچانتی ہے۔

ہر بچہ قابل ہے، مگر ہر بچہ محفوظ نہیں۔ کچھ ذہن دباؤ میں ٹوٹ جاتے ہیں، کچھ دباؤ میں نکھر جاتے ہیں۔ فرق ماحول کا ہوتا ہے، عقل کا نہیں۔

تعلیم اگر صرف امیروں کی میراث بن جائے تو سماج اندھا ہو جاتا ہے۔ کیونکہ قابلیت کسی ایک طبقے میں قید نہیں ہوتی۔ وہ ہر گلی، ہر بستی، ہر کچے گھر میں سانس لیتی ہے۔

میں نے ایسے بچے دیکھے ہیں جو ایک موقع ملنے پر اپنی پوری نسل کا مقدر بدل دیتے ہیں۔ اور ایسے بھی دیکھے ہیں جو پوری عمر اسی ایک موقع کا انتظار کرتے رہ جاتے ہیں۔

یہ سچ تلخ ہے کہ ہم اکثر صلاحیت کو تب پہچانتے ہیں جب وہ مر چکی ہوتی ہے۔ جب کوئی بچہ ہار مان لیتا ہے، تب ہم کہتے ہیں: "اس میں تو پوٹینشل تھا۔"

قابلیت تعریف کی محتاج نہیں، مگر توجہ ضرور مانگتی ہے۔ ایک جملہ، ایک یقین، ایک موقع—کبھی کبھی یہی کافی ہوتا ہے۔

میں نے سیکھا کہ ہر بچہ امیر نہیں، مگر ہر بچہ اگر سنا جائے، سمجھا جائے، اور عزت دی جائے تو وہ خود کو پہچان لیتا ہے۔ اور جو خود کو پہچان لے، وہ کبھی کمزور نہیں رہتا۔

یہ باب میں نے کسی نظریے سے نہیں، زندگی کے مشاہدے سے لکھا ہے۔ ان چہروں سے سیکھا ہے جو صلاحیت سے بھرے تھے، مگر وسائل سے خالی۔

اگر ہم واقعی تعلیم اور انسانیت پر یقین رکھتے ہیں، تو ہمیں ہر بچے کو موقع دینا ہوگا—صرف چند کو نہیں۔

کیونکہ بچہ غریب ہو سکتا ہے، مگر قابلیت کبھی غریب نہیں ہوتی۔

شعر

نہ سب کے ہاتھ میں قسمت کی لکیر ایک سی
نہ سب کے خوابوں کی تعبیر ایک سی
ہر بچہ قابل ہے، یہ سچ مان لو
بس موقع کی تقسیم ہے غیر منصفانہ سی

— مُنتَہا رِیاض لُون

4-خواب جو گاؤں سے شہر تک سفر کرتے ہیں

گاؤں کے خواب بہت خاموش ہوتے ہیں۔ وہ لاؤڈ نعروں میں نہیں پلتے، بلکہ مٹی کی خوشبو، ماں کی دعا اور ٹوٹی چھت کے سائے میں آنکھ کھولتے ہیں۔ میں نے ایسے خواب دیکھے ہیں جو روشنی کے نہیں، امید کے محتاج ہوتے ہیں۔

شہر ان خوابوں کو بلاتا ضرور ہے، مگر بانہوں میں نہیں لیتا۔ یہاں ہر خواب کو خود کو ثابت کرنا پڑتا ہے۔ گاؤں سے آیا خواب سب سے پہلے اپنی پہچان کھوتا ہے، پھر آہستہ آہستہ خود کو جوڑتا ہے۔

یہ سفر صرف بس یا ٹرین کا نہیں ہوتا، یہ خود سے جدا ہونے کا سفر ہوتا ہے۔ پیچھے مڑ کر دیکھنے کی اجازت نہیں ہوتی، اور آگے راستہ ہمیشہ واضح نہیں ہوتا۔

میں نے خوابوں کو کمروں میں سمٹتے دیکھا ہے۔ چھوٹے کمروں میں بڑے خواب سانس لیتے ہیں، مگر گھٹن کے ساتھ ہر دن ایک امتحان بن جاتا ہے۔

شہر کی روشنی خوابوں کو جگاتی بھی ہے اور اندھا بھی کرتی ہے۔ یہاں مقابلہ صلاحیت سے زیادہ برداشت مانگتا ہے۔ جو برداشت کر لے، وہ ٹک جاتا ہے۔

گاؤں کے خواب زیادہ ضدی ہوتے ہیں۔ وہ جلدی نہیں ٹوٹتے، بس خاموش ہو جاتے ہیں۔ وہ شور نہیں مچاتے، بس خود کو ثابت کرنے کا انتظار کرتے ہیں۔

میں نے دیکھا ہے کہ کچھ خواب روزگار بن جاتے ہیں، اور کچھ ذمہ داری۔ کچھ خواب انسان کو آگے لے جاتے ہیں، اور کچھ اسے بس زندہ رکھتے ہیں۔

شہر میں خواب اکیلے ہو جاتے ہیں۔ نہ کوئی پرانا نام پوچھتا ہے، نہ کوئی نیت۔ یہاں صرف نتیجہ دیکھا جاتا ہے۔

یہ خواب اکثر اپنی اصل شکل بدل لیتے ہیں۔ جو خواب کچھ اور تھے، وہ کچھ اور بن جاتے ہیں۔ مگر اندر کہیں وہی گاؤں کا بچہ زندہ رہتا ہے۔

کچھ خواب تھک جاتے ہیں، مگر ہار نہیں مانتے۔ وہ راتوں کو جاگتے ہیں، دنوں کو چھپتے ہیں۔

گاؤں سے شہر تک کا سفر خوابوں کے لیے آسان نہیں ہوتا۔ یہ سفر انہیں مضبوط بھی بناتا ہے اور زخمی بھی۔

میں نے دیکھا ہے کہ جو خواب واپس نہیں جاتے، وہی آگے بڑھتے ہیں۔ واپسی کا راستہ کھلا ہو تو ہمت کمزور پڑ جاتی ہے۔

شہر خوابوں کو قبول نہیں کرتا، آزماتا ہے۔ اور یہ آزمائش ہی اصل فرق بناتی ہے۔

یہ خواب جب کامیاب ہوتے ہیں تو شور نہیں مچاتے۔ وہ جانتے ہیں کہ ان کے پیچھے کتنی خاموشی لگی ہے۔

کچھ خواب کامیابی کے بعد بھی تھکے رہتے ہیں۔ کیونکہ انہوں نے بہت کچھ چھوڑا ہوتا ہے۔

میں نے یہ سچ سیکھا ہے کہ گاؤں کے خواب مضبوط ہوتے ہیں، مگر نازک بھی۔ انہیں سنبھالنا پڑتا ہے۔

شہر میں خوابوں کا کوئی وقت نہیں ہوتا۔ وہ دن رات جیتے ہیں۔

کچھ خواب شہر میں دفن ہو جاتے ہیں، اور کچھ شہر کی بنیاد بن جاتے ہیں۔

یہ سفر خوابوں کو بالغ کر دیتا ہے۔

گاؤں کا خواب جب شہر پہنچتا ہے، تو وہ صرف خواب نہیں رہتا—وہ جدوجہد بن جاتا ہے۔

اور جدوجہد ہی اصل شناخت بن جاتی ہے۔

شعر

گاؤں سے چلے تھے جو آنکھوں میں خواب لیے
شہر نے کچھ مانے، کچھ امتحان لیے
یہ سفر فقط منزل کا نہیں تھا
یہ خوابوں نے خود کو ثابت کرنے کے لیے جیا تھا

— مُنتَہا رِیاض لُون

5- کمزور نہیں، موقع کم ملا.

ہم اکثر ہار کو کمزوری کا نام دے دیتے ہیں، حالانکہ ہر ہار کے پیچھے ایک ایسی کہانی ہوتی ہے جسے کبھی سنا ہی نہیں گیا۔ میں نے اپنی زندگی میں بہت سے ایسے لوگ دیکھے ہیں جو ٹوٹے نہیں تھے، بس آزمائے گئے تھے۔ مگر دنیا نتیجہ دیکھتی ہے، حالات نہیں۔

کچھ لوگ پوری تیاری کے ساتھ کھڑے ہوتے ہیں، مگر دروازہ نہیں کھلتا۔ وہ دستک دیتے دیتے تھک جاتے ہیں، اور آخرکار خاموش ہو جاتے ہیں۔ خاموشی کو پھر کمزوری سمجھ لیا جاتا ہے۔

موقع نہ ملنا انسان کے اندر ایک مستقل سوال چھوڑ جاتا ہے :*کیا میں واقعی قابل نہیں تھا؟* یہی سوال سب سے زیادہ تکلیف دیتا ہے، کیونکہ یہ خود اعتمادی کو اندر سے کھوکھلا کر دیتا ہے۔

میں نے دیکھا ہے کہ جو لوگ موقع پا لیتے ہیں، وہ اپنی محنت دکھا دیتے ہیں۔ اور جو نہیں پا سکتے، وہ اپنی محنت چھپا لیتے ہیں۔ فرق قابلیت میں نہیں، نمائش میں ہوتا ہے۔

کچھ لوگ اپنی صلاحیت کا ثبوت دینے سے پہلے ہی ہار مان لیتے ہیں، کیونکہ بار بار ردّ ہونا انسان کو تھکا دیتا ہے۔ یہ تھکن جسم کی نہیں، روح کی ہوتی ہے۔

ہم کمزور نہیں ہوتے، ہم صرف مسلسل نظرانداز کیے جاتے ہیں۔ اور نظرانداز ہونا سب سے گہرا زخم ہے، کیونکہ اس میں چیخنے کی بھی اجازت نہیں ہوتی۔

میں نے ایسے لوگ دیکھے ہیں جنہوں نے سب کچھ ہونے کے باوجود کچھ نہ کیا، اور ایسے بھی دیکھے ہیں جنہوں نے کچھ نہ ہونے کے باوجود سب کچھ کر دکھایا۔ یہی فرق موقع کا ہوتا ہے۔

موقع اگر ایک بار نہ ملے تو انسان انتظار کرتا ہے۔ اگر بار بار نہ ملے تو وہ خود پر شک کرنے لگتا ہے۔ اور جب شک بڑھ جائے تو ہمت ٹوٹنے لگتی ہے۔

دنیا ہمیں ہماری ناکامیوں سے جانچتی ہے، ہماری کوششوں سے نہیں۔ یہی ناانصافی سب سے زیادہ تکلیف دہ ہوتی ہے۔

کچھ لوگ قسمت کو کوستے ہیں، کچھ خود کو۔ دونوں ہی صورتوں میں نقصان انسان کا ہی ہوتا ہے۔

میں نے یہ سیکھا ہے کہ موقع کا نہ ملنا انسان کو اندر سے مضبوط بھی کرتا ہے، مگر قیمت بہت لیتا ہے۔ وہ قیمت خاموشی، تنہائی اور صبر کی ہوتی ہے۔

کچھ صلاحیتیں شور مچانے کے لیے نہیں ہوتیں، اس لیے وہ نظر نہیں آتیں۔ مگر ان کی گہرائی بہت ہوتی ہے۔

ہم کمزور نہیں ہوتے، بس ہمیں وہ جگہ نہیں ملتی جہاں ہم خود کو ثابت کر سکیں۔ اور جگہ نہ ملے تو قابلیت بھی قید ہو جاتی ہے۔

میں نے بہت سے خواب اسی لیے مرتے دیکھے کہ ان کے لیے دروازے نہیں تھے، صرف دیواریں تھیں۔

انسان جب خود کو سمجھانا شروع کر دے کہ "شاید مجھ میں ہی کمی تھی"، تب اصل شکست ہوتی ہے۔

موقع نہ ملنا بھی ایک ناانصافی ہے، مگر سب سے بڑی ناانصافی خود کو ہار مان لینا ہے۔

میں نے یہ جانا کہ وقت اگر ایک دن ساتھ دے تو برسوں کی خاموشی بولنے لگتی ہے۔

ہم کمزور نہیں، بس تھکے ہوئے ہوتے ہیں۔ اور تھکن اگر وقت پر نہ سمجھی جائے تو ہار بن جاتی ہے۔

موقع ملنا بھی ایک نعمت ہے، اور اس کا نہ ملنا بھی ایک امتحان۔

کچھ لوگ اس امتحان میں بکھر جاتے ہیں، کچھ نکھر جاتے ہیں۔

فرق حالات کا ہوتا ہے، حوصلے کا نہیں۔

یہ باب ان سب کے نام ہے جنہوں نے سب کچھ ہونے کے باوجود خود کو کمزور نہیں مانا۔

اور ان سب کے نام بھی، جو کمزور کہلا کر بھی مضبوط رہے۔

شعر

ہم کمزور نہیں تھے، یہ وقت کی بات تھی
ہمت تو تھی، بس موقع کی کمی ساتھ تھی
فیصلہ مت کرنا انجام دیکھ کر
کچھ کہانیاں خاموش رہنے پر مجبور تھیں

— مُنتہٰا رِیاض لُون

6- ذمہ داری: کبھی عمر سے پہلے آ جاتی ہے

کچھ بوجھ ایسے ہوتے ہیں جو کندھوں پر نہیں، دل پر رکھ دیے جاتے ہیں۔ ذمہ داری بھی انہی میں سے ایک ہے۔ یہ پوچھ کر نہیں آتی کہ عمر کیا ہے، یہ بس آ جاتی ہے... اور انسان کو وقت سے پہلے بڑا بنا دیتی ہے۔

میں نے دیکھا ہے کہ جب ذمہ داری جلد آ جائے تو خواب خاموش ہو جاتے ہیں۔ انسان ہنستا تو ہے، مگر اس ہنسی میں بچپن نہیں ہوتا۔

کچھ لوگ کھیلنے کی عمر میں فیصلے کرتے ہیں، اور کچھ فیصلوں کے بعد کھیلنا بھول جاتے ہیں۔ یہی فرق وقت سے پہلے آئی ذمہ داری پیدا کرتی ہے۔

ذمہ داری انسان کو مضبوط بناتی ہے، مگر اس کی قیمت معصومیت ہوتی ہے۔ اور یہ سودا کبھی برابر کا نہیں ہوتا۔

میں نے اپنے اندر وہ بچے کو خاموش ہوتے دیکھا ہے جو سوال پوچھنا چاہتا تھا، مگر حالات نے جواب مانگ لیے۔

جب ذمہ داری عمر سے پہلے آ جائے تو انسان سیکھتا ہے کہ آنسو کہاں چھپانے ہیں، اور مسکراہٹ کب اوڑھنی ہے۔

دنیا ایسے لوگوں کو مضبوط کہتی ہے، مگر کوئی یہ نہیں پوچھتا کہ وہ مضبوط کیوں بنے۔

کچھ ذمہ داریاں خاندان کے نام پر آتی ہیں، کچھ حالات کے نام پر، اور کچھ خاموشی سے انسان کے وجود میں اتر جاتی ہیں۔

میں نے محسوس کیا ہے کہ ذمہ داری انسان کو خود سے دور کر دیتی ہے، کیونکہ وہ سب کے لیے جیتا ہے، مگر اپنے لیے نہیں۔

کچھ لوگ تھک جاتے ہیں، مگر رک نہیں سکتے۔ کیونکہ رکنے کی اجازت ذمہ داری نہیں دیتی۔

عمر کے ساتھ سمجھ آنی چاہیے تھی، مگر یہاں سمجھ عمر سے پہلے آ گئی۔

میں نے وقت سے پہلے یہ سیکھا کہ ہر خواہش پوری نہیں کی جا سکتی، اور ہر خواب اپنا نہیں ہوتا۔

ذمہ داری انسان کو سکھاتی ہے کہ "چاہنا" اور "کرنا" ہمیشہ ایک بات نہیں ہوتی۔

کچھ لوگ اپنے شوق قربان کرتے ہیں، کچھ اپنی نیند، اور کچھ اپنی خاموش خوشیاں۔

جب ذمہ داری آ جائے تو انسان خود کو پیچھے رکھ دیتا ہے، اور دوسروں کو آگے۔

میں نے کئی بار خود کو سمجھایا کہ یہ سب ضروری ہے، مگر دل پھر بھی خالی رہا۔

ذمہ داری انسان کو قابل اعتماد بناتی ہے، مگر اکثر تنہا بھی۔

کچھ لوگ ذمہ داری نبھاتے نبھاتے یہ بھول جاتے ہیں کہ وہ بھی انسان ہیں۔

میں نے یہ جانا ہے کہ وقت سے پہلے بڑا ہونا کوئی فخر نہیں، ایک مجبوری ہے۔

دنیا تالیاں اس وقت بجاتی ہے جب سب سنبھلا ہوا لگے، مگر وہ ٹوٹ پھوٹ نہیں دیکھتی۔

ذمہ داری کے ساتھ جینا ایک مسلسل امتحان ہے، جس میں فیل ہونے کی اجازت نہیں ہوتی۔

میں نے کئی بار چاہا کہ کوئی پوچھ لے، "تم ٹھیک ہو؟" مگر سب کو میرے مضبوط ہونے پر یقین تھا۔

ذمہ داری نے مجھے مضبوط بنایا، مگر نرم دل رہنے کی جنگ مشکل کر دی۔

کچھ فیصلے جو مجھے بعد میں لینے تھے، میں نے بہت پہلے لے لیے۔

یہ باب ان سب کے لیے ہے جنہوں نے وقت سے پہلے بوجھ اٹھایا، بغیر شکایت کے۔

اور ان سب کے لیے بھی، جو آج بھی مسکرا کر ذمہ داری نبھا رہے ہیں۔

شعر

ذمہ داری نے عمر سے پہلے بڑا کر دیا
بچپن کو خاموش، خوابوں کو جدا کر دیا
مضبوط تو بن گیا سب کے سامنے
مگر خود سے ملنے کا وقت ہی چھین لیا

— مُنتَہا رِیاض لُون

7-ناکامی سے سیکھی ہوئی باتیں

ناکامی ایک ایسا تجربہ ہے جس کا نام سنتے ہی دل میں خوف اتر آتا ہے، مگر یہی خوف انسان کو اصل زندگی سے روشناس کراتا ہے۔ میں نے ناکامی کو صرف ہار کے معنی میں نہیں دیکھا، بلکہ اسے ایک خاموش استاد کی طرح پایا ہے، جو بغیر شور کیے انسان کی بنیادیں ہلا دیتا ہے۔ یہ وہ لمحہ ہوتا ہے جب انسان پہلی بار خود سے نظریں ملاتا ہے، بغیر کسی پردے اور بغیر کسی جواز کے۔

ناکامی اس وقت آتی ہے جب ہم سمجھتے ہیں کہ ہم نے سب کچھ درست کیا ہے۔ محنت، نیت، دعا—سب اپنی جگہ موجود ہوتے ہیں، مگر نتیجہ ہمارے خلاف آ جاتا ہے۔ یہی وہ لمحہ ہوتا ہے جب دل ٹوٹتا ہے اور سوچ جنم لیتی ہے۔ میں نے انہی لمحوں میں جانا کہ زندگی صرف انصاف کا نام نہیں، بلکہ صبر کا امتحان بھی ہے۔

جب ناکامی آتی ہے تو شور نہیں مچاتی، بس خاموشی چھوڑ جاتی ہے۔ ایک ایسی خاموشی جو راتوں کو جاگنے پر مجبور کر دیتی ہے۔ میں نے انہی راتوں میں خود سے وہ سوال کیے جو کبھی کامیابی میں ہمت نہیں ہوئی۔ میں کون ہوں؟ میں کہاں غلط تھا؟ یا شاید میں غلط نہیں تھا، بس وقت میرا نہیں تھا۔

ناکامی انسان سے اس کے بہانے چھین لیتی ہے۔ وہاں کوئی الزام نہیں چلتا، کوئی دلیل کام نہیں آتی۔ بس انسان اور اس کی حقیقت آمنے سامنے کھڑی ہوتی ہے۔ میں نے انہی لمحوں میں سیکھا کہ خود کو پہچاننا سب سے مشکل اور سب سے ضروری عمل ہے۔

کچھ ہاریں ایسی ہوتی ہیں جن پر آنسو بھی نہیں نکلتے، کیونکہ آنسو بھی تھک چکے ہوتے ہیں۔ انسان مسکرا کر دنیا کے سامنے کھڑا ہو جاتا ہے، مگر اندر کہیں بہت کچھ بکھر چکا ہوتا ہے۔ یہی بکھراؤ بعد میں سنبھلنے کا ہنر سکھاتا ہے۔

ناکامی نے مجھے عاجزی سکھائی۔ اس نے یہ سمجھایا کہ غرور اکثر کامیابی سے پہلے آ جاتا ہے، اور انسان کو اندھا کر دیتا ہے۔ جب انسان گرتا ہے تو زمین کی حقیقت سمجھ آتی ہے، اور یہی حقیقت انسان کو مضبوط بناتی ہے۔

میں نے ناکامی میں دوسروں کو سمجھنا سیکھا۔ جو خود ٹوٹا ہو، وہ کسی اور کے ٹوٹنے کی آواز پہچان لیتا ہے۔ شاید اسی لیے ناکامی دل کو نرم اور نظر کو گہرا کر دیتی ہے۔

کچھ خواب جو ٹوٹے، انہوں نے یہ سبق دیا کہ ہر خواب پورا ہونے کے لیے نہیں ہوتا۔ کچھ خواب ہمیں ہماری حدیں دکھانے آتے ہیں، تاکہ ہم خود کو بہتر انداز میں دوبارہ تراش سکیں۔

ناکامی نے مجھے صبر سکھایا، اور صبر نے مجھے خودداری۔ میں نے جانا کہ ہر بند دروازہ ذلت نہیں ہوتا، کچھ راستے انسان کو خود کی طرف موڑنے کے لیے بند کیے جاتے ہیں۔

اب میں ناکامی سے نہیں ڈرتا۔ میں اسے دشمن نہیں سمجھتا، کیونکہ میں جان چکا ہوں کہ یہ مجھے کمزور کرنے نہیں، بلکہ سچا بنانے آئی تھی۔ اور شاید انسان کی سب سے بڑی جیت یہی ہوتی ہے کہ وہ ٹوٹ کر بھی خود کو پہچان لے۔

شعر

ناکامی نے مجھے خود سے ملوایا ہے
ٹوٹ کر ہی سہی، مگر سچ دکھایا ہے
جو سبق نہ ملا تھا ہزار جیتوں میں
وہ ایک ہار نے دل تک پہنچایا ہے

— مُنتہٰا رِیاض لُون

8- کامیابی اور سکون ایک جیسے کیوں نہیں ہوتے

کامیابی کا تصور اکثر ہمیں ایک روشن مقام کی طرف کھینچتا ہے، جہاں تعریف، پہچان اور مقام ہمارا انتظار کر رہے ہوتے ہیں۔ مگر میں نے زندگی میں یہ سچ بہت قریب سے دیکھا ہے کہ کامیابی اور سکون ایک ہی راستے پر نہیں چلتے۔ کئی بار انسان وہ سب کچھ پا لیتا ہے جس کے لیے اس نے برسوں دعا کی ہوتی ہے، مگر دل کے اندر ایک خالی پن ویسے ہی موجود رہتا ہے۔

میں نے ایسے لمحے دیکھے ہیں جب کامیابی ہاتھ میں تھی، مگر نیند آنکھوں سے روٹھ چکی تھی۔ لوگ مبارکباد دے رہے تھے، مسکراہٹ چہرے پر تھی، مگر دل کہیں اور بھٹک رہا تھا۔ تب سمجھ آیا کہ کامیابی شور مچاتی ہے، مگر سکون خاموش ہوتا ہے۔ اور خاموش چیزوں کو پانا ہمیشہ مشکل ہوتا ہے۔ کامیابی اکثر ہمیں دوسروں کی نظر میں بڑا بنا دیتی ہے، مگر خود اپنی نظر میں چھوٹا بھی کر سکتی ہے۔ جب ذمہ داریاں بڑھتی ہیں، توقعات کا بوجھ

کندھوں پر آتا ہے، تب دل آہستہ آہستہ تھکنے لگتا ہے۔ میں نے جانا کہ کامیابی کے ساتھ ساتھ خوف بھی آتا ہے—کھو دینے کا خوف، گر جانے کا خوف۔

سکون کسی ہدف کے پورا ہونے سے نہیں آتا، بلکہ خود کو قبول کر لینے سے آتا ہے۔ میں نے کئی بار خود سے سوال کیا کہ آخر وہ سکون کہاں ہے جس کا وعدہ کامیابی کرتی ہے؟ شاید وہ راستے میں کہیں پیچھے رہ گیا تھا، جہاں میں نے خود کو چھوڑ دیا تھا۔

کامیابی ہمیں دوڑنا سکھاتی ہے، جبکہ سکون رکنا سکھاتا ہے۔ اور یہ دونوں عادتیں ایک ساتھ نہیں نبھ سکتیں۔ میں دوڑتا رہا، آگے بڑھتا رہا، مگر اندر کہیں سانس اکھڑتی رہی۔ دل کہتا رہا کہ ذرا ٹھہر جاؤ، مگر دماغ نے اجازت نہیں دی۔

میں نے یہ بھی دیکھا کہ کامیابی ہمیں بہت سے لوگوں سے ملا دیتی ہے، مگر خود سے دور کر دیتی ہے۔ محفلیں بڑھ جاتی ہیں، مگر تنہائی بھی گہری ہو جاتی ہے۔ انسان ہنستے ہوئے بھی اکیلا رہ جاتا ہے، اور یہی وہ لمحہ ہوتا ہے جہاں کامیابی ہارنے لگتی ہے۔

سکون سادہ چیزوں میں چھپا ہوتا ہے—ایک پرسکون دعا، ایک سچی مسکراہٹ، یا کسی اپنے کا بے وجہ ساتھ مگر کامیابی ہمیں سادگی سے دور لے جاتی ہے۔ ہم بڑے خوابوں کے پیچھے بھاگتے بھاگتے چھوٹی خوشیاں بھول جاتے ہیں۔ میں نے کامیابی میں یہ سیکھا کہ ہر تعریف خوشی نہیں دیتی، اور ہر خاموشی غم نہیں ہوتی۔ کچھ خاموشیاں شفا دیتی ہیں، اور کچھ آوازیں دل کو تھکا دیتی ہیں۔ سکون شاید اسی توازن کا نام ہے جو کامیابی ہم سے چھین لیتی ہے۔

کامیابی ہمیں مضبوط دکھاتی ہے، مگر سکون ہمیں مضبوط بناتا ہے۔ یہ فرق میں نے بہت دیر سے سمجھا۔ جب سب کچھ حاصل کر کے بھی دل مطمئن نہ ہو، تب انسان کو احساس ہوتا ہے کہ کچھ بہت قیمتی پیچھے رہ گیا ہے۔

میں نے اب یہ مان لیا ہے کہ کامیابی ایک منزل ہو سکتی ہے، مگر سکون ایک سفر ہے۔ اور جو انسان اس سفر کو نظرانداز کر دے، وہ منزل پر پہنچ کر بھی مسافر ہی رہتا ہے۔

شعر

کامیابی نے بہت کچھ دے کر چھینا ہے
سکون کا خواب بس خواب ہی رہ گیا ہے
وہ جو منزل پہ پہنچ کر بھی خالی سا ہوں
شاید میں نے خود کو ہی پیچھے چھوڑ دیا ہے

—مُنتَہا رِیاض لُون

حصہ چہارم: سماج، انسانیت اور سچائی

سماج میں انسانیت کی تلاش اکثر مشکل ہوتی ہے۔ میں نے زندگی کے سفر میں یہ دیکھا ہے کہ لوگ اکٹھے رہتے ہیں، مگر دلوں کے فاصلے بڑھتے جا رہے ہیں۔ بھیڑ میں اکیلا انسان، دکھاوا اور اصلیت، مدد کے معنی، انسانیت کی خاموشی، رہنما اور رہبر، خودداری کا درد، اور آج کا انسان—یہ سب تجربات میرے دل کے قریب ہیں۔ میں نے محسوس کیا کہ انسانیت کبھی مرتی نہیں، بس چھپی رہتی ہے، اور حقیقت اکثر دکھاوے کے پردے میں دب جاتی ہے۔

میں نے یہ جانا کہ سماج کے ہجوم میں بھی انسان کو اکیلا ہونا پڑتا ہے، مگر وہی تنہائی ہمیں اپنے دل کی گہرائی سے متعارف کرواتی ہے۔ دکھاوا اور اصلیت کے درمیان فرق سمجھنا، مدد کی قدر پہچاننا، اور رہنما اور رہبر کے فرق کو محسوس کرنا—یہ سب سبق انسان کے اندر سوچنے، سمجھنے، اور بڑھنے کی صلاحیت پیدا کرتے ہیں۔

یہ حصہ میری زندگی کے ان لمحوں کی عکاسی ہے، جہاں میں نے انسانی رویوں کی سختی اور محبت کی خاموش طاقت دونوں دیکھی۔ میں نے خودداری کا درد محسوس کیا، اور یہ سیکھا کہ انسانیت ابھی زندہ ہے، چاہے دنیا دکھاوے اور خاموشی کے بیچ کھڑی ہو۔ کل کی پریشانی آج کے انسان کو آزمانے آتی ہے، مگر یہی تجربہ ہمیں سچائی کی راہ دکھاتا ہے۔

یہ تحریریں میرے اپنے تجربات کا عکس ہیں، جنہیں میں نے دل کے زخموں، خاموشیوں اور انسانوں کے ساتھ جھیلی ہوئی کہانیوں کے ذریعے پیش کیا ہے۔ یہ صرف مشاہدات نہیں، بلکہ زندگی کی وہ حقیقتیں ہیں جو ہر انسان کہیں نہ کہیں محسوس کرتا ہے، مگر بیان نہیں کر پاتا۔

شعر

سماج کی بھیڑ میں اکیلا کھڑا انسان،
دکھاوا اور اصلیت، دونوں کے درمیان جان۔
مدد، خودداری، رہبر اور انسانیت کی راہ،
یہی تجربات نے بتایا، حقیقت کی پناہ۔

—مُنتہٰا رِیاض لُون

1.- بھیڑ میں اکیلا انسان

بھیڑ میں اکیلا ہونا شاید انسان کی سب سے گہری اور خاموش تکلیف ہے۔ میں نے یہ تنہائی ہجوم کے بیچ کھڑے ہو کر محسوس کی ہے، جہاں آوازیں بہت تھیں مگر سننے والا کوئی نہیں تھا۔ لوگ قریب تھے، مگر دلوں کے فاصلے اتنے زیادہ کہ سانس لینا بھی مشکل ہو جاتا تھا۔ اسی لمحے سمجھ آیا کہ تنہائی کا تعلق جسمانی فاصلے سے نہیں، بلکہ روح کے رشتوں سے ہوتا ہے۔

میں نے ایسے دن دیکھے جب اردگرد لوگ تھے، گفتگو تھی، قہقہے تھے، مگر دل میں ایک عجیب سا خلا تھا۔ ایسا لگتا تھا جیسے میں سب کے درمیان ہوتے ہوئے بھی کہیں اور ہوں۔ یہ وہ تنہائی تھی جو رات کے سناٹے میں نہیں، دن کے شور میں زیادہ کاٹتی ہے۔

بھیڑ انسان کو محفوظ نہیں بناتی، بلکہ کئی بار اسے اور زیادہ بے بس کر دیتی ہے۔ ہر شخص اپنی کہانی میں گم ہوتا ہے، اور دوسرے کے درد کے لیے وقت نہیں ہوتا۔ میں نے سیکھا کہ ہجوم میں رہ کر بھی انسان نظرانداز ہو سکتا ہے، اور یہ نظراندازی سب سے گہرا زخم بن جاتی ہے۔

کبھی کبھی انسان اپنی بات کہنا چاہتا ہے، مگر لفظ ہجوم میں کھو جاتے ہیں۔ آواز دب جاتی ہے، احساس نظرانداز ہو جاتا ہے۔ میں نے خود کو کئی بار خاموش ہوتے دیکھا، اس لیے نہیں کہ کہنے کو کچھ نہ تھا، بلکہ اس لیے کہ سننے والا کوئی نہ تھا۔

بھیڑ میں اکیلا انسان اپنی ذات سے سوال کرنے لگتا ہے۔ کیا میں واقعی موجود ہوں؟ یا صرف ایک سایہ ہوں جو سب کے درمیان چل رہا ہے؟ یہ سوال انسان کو اندر سے ہلا دیتا ہے، اور اسی ہلچل میں خود شناسی کا عمل شروع ہوتا ہے۔

میں نے جانا کہ سب سے زیادہ تکلیف تب ہوتی ہے جب انسان اپنے دکھ کے ساتھ مسکرانے پر مجبور ہو۔ لوگ چہرہ دیکھتے ہیں، دل نہیں۔ اور چہرے اکثر سچ بولنے سے انکار کر دیتے ہیں۔

بھیڑ میں انسان اپنی کمزوری چھپانا سیکھ لیتا ہے۔ مضبوط دکھنا مجبوری بن جاتا ہے، کیونکہ کمزور انسان ہجوم میں آسانی سے کچلا جاتا ہے۔ میں نے یہ بھی سیکھا کہ مضبوط دکھنے کی قیمت اکثر اندر سے ٹوٹنا ہوتی ہے۔

تنہائی کبھی کبھی انسان کو خود سے قریب لے آتی ہے۔ جب کوئی ساتھ نہیں دیتا، تب انسان خود کا سہارا بنتا ہے۔ یہ سفر تکلیف دہ ضرور ہے، مگر سچ سے بھرا ہوتا ہے۔

میں نے بھیڑ میں یہ دیکھا کہ لوگ ایک دوسرے کو دیکھتے ضرور ہیں، مگر سمجھتے نہیں۔ ہر کوئی سن رہا ہوتا ہے، مگر کوئی سن نہیں رہا ہوتا۔ یہی تضاد انسان کو خاموش بنا دیتا ہے۔

بھیڑ میں اکیلا ہونا انسان کو یہ سکھاتا ہے کہ اصل رشتہ تعداد سے نہیں، کیفیت سے بنتا ہے۔ ایک سچا دل، سو جھوٹے ساتھوں پر بھاری ہوتا ہے۔

میں نے اس تنہائی میں صبر سیکھا، اور صبر میں خودداری۔ میں نے جانا کہ ہر کوئی ہمارا درد نہیں سمجھ سکتا، اور یہ سمجھ لینا ہی ایک بڑی سمجھ داری ہے۔

بھیڑ میں اکیلا انسان آخرکار یہ سیکھ لیتا ہے کہ خود کو پہچاننا سب سے ضروری ہے۔ کیونکہ جب سب ساتھ چھوڑ دیں، تب بھی خود کو نہیں چھوڑنا چاہیے۔

یہ باب میری اسی تنہائی کی گواہی ہے، جو میں نے لوگوں کے بیچ رہ کر جھیلی۔ یہ وہ درد ہے جو چیختا نہیں، بس انسان کو خاموش بنا دیتا ہے۔

شعر

بھیڑ میں کھڑا تھا، مگر تنہا ہی رہا
ہر چہرہ اپنا تھا، پر کوئی اپنا نہ رہا
لوگ ملتے رہے، آوازیں بھی تھیں بہت
مگر دل کو سننے والا کوئی نہ ملا

— مُنتَہا رِیاض لُون

2-دکھاوا اور اصلیت

دکھاوا اس سماج کی وہ خوبصورت بیماری ہے جسے سب پہچانتے ہیں، مگر کوئی مانتا نہیں۔ میں نے زندگی میں بارہا یہ دیکھا کہ جو جتنا زیادہ سچا دکھائی دیتا ہے، وہ اتنا ہی بناوٹی بھی ہو سکتا ہے۔ چہروں پر مسکراہٹیں تھیں، لفظوں میں خلوص تھا، مگر دلوں میں حساب کتاب چل رہا تھا۔ تب سمجھ آیا کہ اصلیت اکثر خاموش ہوتی ہے، اور دکھاوا ہمیشہ بولتا ہے۔

ہم ایسے زمانے میں جی رہے ہیں جہاں احساسات بھی نمائش بن چکے ہیں۔ دکھ درد بھی تصویر بن کر پیش کیے جاتے ہیں، اور خوشی بھی تعریف کی محتاج ہو گئی ہے۔ میں نے خود کو کئی بار اس بھیڑ میں پایا، جہاں سچا ہونا کمزوری سمجھا جاتا ہے، اور بناوٹی ہونا عقل مندی۔

دکھاوا انسان کو وقتی عزت تو دے دیتا ہے، مگر اندر سے کھوکھلا کر دیتا ہے۔ میں نے ایسے لوگ دیکھے جو سب کے سامنے بہت مضبوط تھے، مگر تنہائی میں ٹوٹے ہوئے تھے۔ اور میں نے یہ بھی دیکھا کہ جو واقعی مضبوط تھے، وہ خاموشی میں اپنی جنگ لڑتے رہے۔

اصلیت کا سفر آسان نہیں ہوتا۔ سچا انسان اکثر اکیلا رہ جاتا ہے، کیونکہ سچ سب کو اچھا نہیں لگتا۔ میں نے سچ بول کر رشتے کھوتے دیکھے ہیں، اور چپ رہ کر خود کو کھوتے بھی۔ یہ انتخاب ہمیشہ تکلیف دہ رہا ہے۔

دکھاوے کی دنیا میں انسان کو اپنے زخم چھپانے پڑتے ہیں۔ یہاں آنسو بھی اجازت سے بہتے ہیں، اور درد بھی حد میں رہنا چاہیے۔ میں نے کئی بار مسکرا کر اپنی خاموش چیخیں دفن کیں، تاکہ لوگ مطمئن رہیں۔

اصلیت انسان کو بے نقاب کر دیتی ہے۔ وہاں کوئی فلٹر نہیں ہوتا، کوئی پردہ نہیں ہوتا۔ بس انسان اور اس کی حقیقت۔ اور یہی سچ سب سے زیادہ ڈراؤنا ہوتا ہے، کیونکہ اس میں بہانے نہیں ہوتے۔

میں نے سیکھا کہ دکھاوا ہمیں لوگوں کے قریب لاتا ہے، مگر خود سے دور۔ اور اصلیت ہمیں خود سے قریب لاتی ہے، مگر لوگوں سے دور کر دیتی ہے۔ یہی وہ قیمت ہے جو سچ کو ادا کرنی پڑتی ہے۔

سماج کو سچ سے زیادہ سہولت پسند ہے۔ جو بات دل کو نہ چبھے، وہی قبول کی جاتی ہے۔ میں نے اپنی باتیں نگل کر کئی محفلیں بچائیں، اور سچ کہہ کر کئی دروازے بند ہوتے دیکھے۔

دکھاوا وقتی رشتے بناتا ہے، اصلیت دیرپا تنہائی۔ مگر میں نے اس تنہائی میں بھی ایک عجیب سا سکون پایا، کیونکہ وہاں میں خود سے جھوٹ نہیں بول رہا تھا۔

اصلیت کا درد یہ ہے کہ وہ آپ کو بدل دیتی ہے۔ آپ کم بولنے لگتے ہیں، زیادہ سمجھنے لگتے ہیں۔ اور پھر آپ ہجوم میں بھی خود کو الگ محسوس کرنے لگتے ہیں۔

میں نے اب یہ مان لیا ہے کہ ہر سچ کہنے کی جگہ نہیں ہوتی، اور ہر خاموشی کمزوری نہیں ہوتی۔ مگر جہاں دل گھٹنے لگے، وہاں دکھاوے کا سانس لینا اور بھی مشکل ہو جاتا ہے۔

یہ باب میری اسی کشمکش کی کہانی ہے—دکھنے اور ہونے کے درمیان۔ میں نے سیکھا کہ اصل ہونا مہنگا ضرور ہے، مگر جھوٹا ہونا روح کو مار دیتا ہے۔

شعر

دکھاوے نے بہت چہرے سنوارے ہیں یہاں
اصلیت نے مگر تنہا ہی مارے ہیں یہاں
جو سچ بولے، وہی خاموش کر دیا گیا
اور جھوٹ نے ہر محفل سنبھالے ہیں یہاں

— مُنتَہا رِیاض لُون

3-مدد، جو احسان بن جائے تو زخم بن جاتی ہے

مدد ایک لفظ ہے، مگر اس کے معنی دل پر اترتے ہیں۔ میں نے زندگی میں مدد مانگنے کا حوصلہ بھی سیکھا اور مدد کے بوجھ کو بھی اٹھایا ہے۔ کچھ ہاتھ واقعی سہارا بنتے ہیں، اور کچھ ہاتھ مدد دے کر انسان کو مزید جھکا دیتے ہیں۔ یہی فرق اس باب کی بنیاد ہے۔

میں نے دیکھا ہے کہ جب انسان ٹوٹتا ہے تو سب سے پہلے اس کی خودداری زخمی ہوتی ہے۔ ایسے میں مدد اگر خاموشی سے مل جائے تو مرہم بن جاتی ہے، اور اگر شور کے ساتھ ملے تو زخم گہرا کر دیتی ہے۔ مدد کا اصل حسن اسی خاموشی میں ہے۔

کچھ لوگ مدد دیتے ہیں، مگر بدلے میں انسان کی عزت لے لیتے ہیں۔ وہ ہر محفل میں یاد دلاتے ہیں کہ تم کبھی محتاج تھے۔ میں نے

ان لمحوں میں جانا کہ ایسی مدد انسان کو کھڑا نہیں کرتی، بلکہ اندر سے توڑ دیتی ہے۔

مدد وہ ہوتی ہے جو ہاتھ پکڑ کر اٹھائے، نہ کہ انگلی اٹھا کر گنائے۔ میں نے زندگی میں چند ایسے لوگ بھی دیکھے جنہوں نے بغیر پوچھے، بغیر جتائے، بس ساتھ دے دیا۔ وہ مدد آج بھی دل میں چراغ کی طرح جلتی ہے۔

سماج میں اکثر مدد کو احسان کا نام دے دیا جاتا ہے۔ جیسے کسی کی کمزوری دیکھ کر طاقت کا اعلان کیا جا رہا ہو۔ میں نے اسی اعلان سے سب سے زیادہ تکلیف پائی ہے۔

مدد اگر نیت سے نکلے تو عبادت بن جاتی ہے، اور اگر انا سے نکلے تو زہر۔ میں نے دونوں کا ذائقہ چکھا ہے۔ ایک نے مجھے زندہ رکھا، دوسرے نے مجھے خاموش کیا۔

کبھی کبھی انسان مدد قبول نہیں کرتا، اس لیے نہیں کہ اسے ضرورت نہیں، بلکہ اس لیے کہ وہ احسان کے نیچے دبنا نہیں چاہتا۔ میں نے خود کو اسی کشمکش میں پایا ہے۔

مدد کا اصل امتحان اس وقت ہوتا ہے جب لینے والا شرمندہ ہو۔ اگر دینے والا اس شرمندگی کو کم کر دے، تو وہی اصل انسانیت ہے۔ ورنہ مدد بھی ظلم بن جاتی ہے۔

میں نے سیکھا کہ مدد دیتے وقت لفظ کم اور احساس زیادہ ہونا چاہیے۔ کیونکہ لفظ یاد رہ جاتے ہیں، اور احساس زندگی بدل دیتے ہیں۔

کچھ مددیں وقت پر نہ ملیں، تو عمر بھر کا خلا بن جاتی ہیں۔ اور کچھ مددیں غلط وقت پر ملیں، تو انسان کو خود پر شک ہو جاتا ہے۔

مدد اگر انسان کو دوبارہ اپنے پاؤں پر کھڑا کر دے، تو وہ احسان نہیں، فرض ہوتی ہے۔ کیونکہ ہم سب کسی نہ کسی دن ایک دوسرے کے محتاج ہوتے ہیں۔

میں نے یہ بھی دیکھا کہ جو مدد مانگ لیتا ہے، وہ کمزور نہیں ہوتا۔ کمزور وہ ہوتا ہے جو مدد دے کر جتا دے۔

مدد کا سب سے خوبصورت روپ وہ ہے جو نامعلوم رہ جائے۔ جہاں نہ لینے والا کسی کا شکر گزار بنے، نہ دینے والا کسی کا مالک۔

زندگی نے مجھے یہ سکھایا کہ اصل مدد وہ ہے جو انسان کی خودداری بچا لے۔ باقی سب لین دین ہے۔

میں نے اب مدد کو تولنا سیکھ لیا ہے—الفاظ سے نہیں، رویوں سے۔ جو نظریں نیچی رکھ کر مدد دے، وہی اصل مددگار ہے۔

مدد انسان کو چھوٹا نہیں، بڑا بنانی چاہیے۔ اگر وہ انسان کو شرمندہ کر دے، تو وہ مدد نہیں، امتحان ہے۔

یہ باب میری انہی ٹھوکروں کا خلاصہ ہے، جہاں میں نے سیکھا کہ ہر دیا ہوا ہاتھ سہارا نہیں ہوتا۔

مدد وہی قبول ہے جو انسان کو انسان ہی رہنے دے۔

شعر

مدد ملی تو شکر، مگر شرطوں کے ساتھ
احسان نے توڑ دیا، ہاتھوں کے ساتھ
جو خاموشی سے سہارا دے گیا
وہی اصل انسان نکلا، باتوں کے ساتھ

— مُنتَہا رِیاض لُون

4- انسانیت ابھی زندہ ہے

انسانیت کے مرنے کی خبریں بہت سنی جاتی ہیں، مگر میں نے اسے مرتے نہیں دیکھا، بس خاموش ہوتے دیکھا ہے۔ یہ شور میں نہیں ملتی، نہ ہی نعروں میں زندہ رہتی ہے۔ انسانیت اکثر ان ہاتھوں میں چھپی ہوتی ہے جو بغیر پہچان کے آگے بڑھتے ہیں، اور ان آنکھوں میں جو کسی اجنبی کے درد پر بھیگ جاتی ہیں۔

میں نے مشکل وقت میں یہ سچ دیکھا کہ ہر دروازہ بند نہیں ہوتا۔ کچھ دل آج بھی بغیر سوال کھل جاتے ہیں۔ جب امید ختم ہونے لگتی ہے، تب کہیں نہ کہیں ایک خاموش سا سہارا مل جاتا ہے، جو بتا دیتا ہے کہ سب کچھ ختم نہیں ہوا۔

انسانیت کسی بڑے کام کا نام نہیں، بلکہ چھوٹے رویوں میں زندہ رہتی ہے۔ کسی کا انتظار کیے بغیر مدد کرنا، کسی کی خاموشی کو سمجھ لینا، یا کسی ٹوٹے ہوئے انسان کے ساتھ بیٹھ جانا—یہ سب انسانیت کی صورتیں ہیں، جنہیں ہم اکثر نظرانداز کر دیتے ہیں۔

میں نے دیکھا ہے کہ جو خود ٹوٹا ہوتا ہے، وہی دوسروں کے درد کو پہچانتا ہے۔ شاید اسی لیے انسانیت زیادہ تر انہی دلوں میں ملتی ہے جو زخموں سے گزرے ہوں۔ یہ تجربہ انسان کو نرم اور نظر کو گہرا بنا دیتا ہے۔

سماج کی سختی کے باوجود، کچھ لوگ آج بھی ضمیر کے ساتھ جیتے ہیں۔ وہ دکھاوے سے دور، اور سچ کے قریب ہوتے ہیں۔ ان کا ہونا ہی اس بات کی دلیل ہے کہ انسانیت ابھی زندہ ہے۔

میں نے ایسے لمحے دیکھے ہیں جب ایک سادہ سا جملہ، ایک خاموش دعا، یا ایک بے لوث عمل زندگی کا رخ بدل دیتا ہے۔ انسانیت کبھی کبھی بس اتنا ہی کرتی ہے—انسان کو انسان بنا کر رکھتی ہے۔

انسانیت وقت نہیں دیکھتی، حیثیت نہیں دیکھتی۔ وہ بس ضرورت پہچانتی ہے۔ اور یہی پہچان اسے زندہ رکھتی ہے۔ جب کوئی بغیر نام جانے مدد کرے، تو سمجھ لیجیے انسانیت نے سانس لے لی ہے۔

میں نے یہ بھی سیکھا کہ انسانیت کا سب سے بڑا دشمن بے حسی ہے۔ جب ہم دیکھ کر بھی نظرانداز کریں، سن کر بھی خاموش رہیں، تب انسانیت زخمی ہوتی ہے۔ مگر جب کوئی ایک دل بھی جاگ جائے، تو وہ زخم بھرنے لگتا ہے۔

یہ باب ان سب لوگوں کے نام ہے جو شاید تاریخ میں درج نہ ہوں، مگر کسی کی زندگی میں امید بن گئے۔ ان کا ہونا ہی میرے لیے یقین کی وجہ ہے۔

انسانیت نہ مری ہے، نہ مرے گی۔ بس اسے پہچاننے والی آنکھ اور سنبھالنے والا دل چاہیے۔

شعر

ابھی کچھ دل ہیں جو درد پہ رک جاتے ہیں
ابھی کچھ ہاتھ ہیں جو ساتھ نبھا جاتے ہیں
یہ کہنا کہ انسانیت مر چکی ہے غلط
وہ آج بھی خاموشی میں زندہ رہ جاتے ہیں

— مُنتَہا رِیاض لُون

5-رہنما اور رہبر میں فرق

اس زمانے میں رہنما بہت ہیں، مگر رہبر کم۔ میں نے زندگی میں یہی فرق سب سے زیادہ شدت سے محسوس کیا ہے۔ رہنما وہ ہوتا ہے جو راستہ بتاتا ہے، اور رہبر وہ جو خود ساتھ چلتا ہے۔ یہی فرق لفظوں کا نہیں، نیت اور کردار کا ہوتا ہے۔

میں نے بہت سے رہنما دیکھے جو بلند آواز میں خواب دکھاتے رہے، مگر جب وقت آیا تو پیچھے ہٹ گئے۔ ان کے لفظ روشن تھے، مگر ان کے قدم کمزور۔ تب سمجھ آیا کہ تقریر کرنا آسان ہے، مگر ذمہ داری اٹھانا مشکل۔

رہبر وہ ہوتا ہے جو اندھیرے میں بھی ہاتھ نہیں چھوڑتا۔ وہ نہ صرف سمت دکھاتا ہے، بلکہ تھام بھی لیتا ہے۔ میں نے چند ہی ایسے لوگ دیکھے ہیں، مگر انہی چند نے زندگی بھر کا اثر چھوڑا ہے۔

رہنما اکثر خود کو نمایاں رکھتا ہے، اور قافلے کو پیچھے۔ رہبر قافلے کو آگے رکھتا ہے، اور خود پیچھے رہ کر دیکھتا ہے کہ کوئی رہ تو نہیں گیا۔ یہ فرق میں نے وقت کی ٹھوکروں سے سیکھا ہے۔

میں نے دیکھا ہے کہ رہنما وعدے کرتے ہیں، اور رہبر ذمہ داری لیتے ہیں۔ وعدے وقت کے ساتھ بھول جاتے ہیں، مگر ذمہ داری انسان کو باندھ کر رکھتی ہے۔

رہنما اکثر کامیابی کا سہرا خود پہن لیتا ہے، اور ناکامی کا بوجھ دوسروں پر ڈال دیتا ہے۔ رہبر کامیابی کو سب کی محنت مانتا ہے، اور ناکامی کو اپنی کوتاہی سمجھتا ہے۔

میں نے ایسے رہنما بھی دیکھے جو طاقت کے نشے میں انسانیت بھول گئے۔ اور ایسے رہبر بھی دیکھے جو اختیار کے بغیر بھی دلوں پر حکومت کرتے تھے۔

رہبر کی خاموشی بھی سبق ہوتی ہے۔ وہ کم بولتا ہے، مگر جو کہتا ہے، وہ زندگی بن جاتا ہے۔ رہنما کی باتیں اکثر شور میں گم ہو جاتی ہیں۔

میں نے سیکھا کہ رہبر بننے کے لیے اونچا مقام نہیں، بڑا دل چاہیے۔ اور یہی دل انسان کو دوسروں کا سہارا بناتا ہے۔

رہنما بھیڑ بناتا ہے، رہبر انسان بناتا ہے۔ ایک تعداد پر خوش ہوتا ہے، دوسرا کردار پر۔

یہ باب میری ان مایوسیوں اور امیدوں کا نچوڑ ہے، جہاں میں نے رہنماؤں کو گرتے اور رہبروں کو اٹھاتے دیکھا۔

آج بھی اگر میں کسی کو مانتا ہوں، تو اس کے لفظ نہیں، اس کا ساتھ دیکھتا ہوں۔ کیونکہ وقت نے سکھایا ہے کہ اصل رہبر مشکل میں پہچانا جاتا ہے۔

شعر

رہنما بہت تھے، رہبر کم نکلے
لفظوں کے دیے تھے، مگر ہم جل نکلے
جو ہاتھ تھام کر ساتھ چلتا رہا
وہی اصل رہبر تھا، باقی سب بھرم نکلے

— مُنتَہا رِیاض لُون

6- خودداری کا درد

خودداری ایک ایسا زخم ہے جو دکھائی نہیں دیتا، مگر ہر سانس کے ساتھ محسوس ہوتا ہے۔ میں نے زندگی میں یہ سچ بہت قریب سے محسوس کیا کہ خودداری انسان کو جیت بھی دیتی ہے، اور اسی کے ساتھ سب سے زیادہ تنہا بھی کر دیتی ہے۔ یہ وہ درد ہے جو آنکھوں میں چھپ جاتا ہے، مگر دل کے ہر دھڑکن میں سنائی دیتا ہے۔

میں نے ایسے لمحے دیکھے جب میں نے اپنے غرور اور خودداری کی قیمت دیکھی۔ کسی کی غلطی پر معافی مانگنا آسان تھا، مگر خودداری نے روک لیا۔ اس نے کہا، "اگر تم نیچے جھکو گے تو تمہاری عزت کم ہو جائے گی۔" اور میں جھک نہ سکا، چاہے دل ٹوٹ رہا تھا۔

خودداری انسان کو دوسروں کی توقعات سے لڑنے کا حوصلہ دیتی ہے، مگر اندر سے زہر گھول دیتی ہے۔ میں نے بارہا یہ جانا کہ جب انسان اپنی خودداری کے لیے خاموش رہتا ہے، تو وہ بہت کچھ کھو دیتا ہے۔ کئی بار وہ موقع، محبت، اور سکون بھی ہاتھ سے نکل جاتے ہیں۔

یہ درد سب سے زیادہ تب بڑھتا ہے جب انسان کسی کو نقصان پہنچائے بغیر اپنی عزت برقرار رکھنا چاہتا ہے۔ میں نے اس تضاد کو

محسوس کیا کہ دل چاہتا تھا کہ ایک قدم آگے بڑھاؤں، مگر خودداری نے پیچھے کھینچ لیا۔

میں نے دیکھا ہے کہ خودداری کبھی کبھی انسان کو مجبور کر دیتی ہے کہ وہ اپنی خواہشیں دبا دے، اپنے خوابوں کو قربان کر دے، اور اندر سے ٹوٹ جائے۔ مگر یہ ٹوٹنا بھی خاموش ہوتا ہے، کوئی نہیں دیکھتا۔

کچھ لوگ کہتے ہیں کہ خودداری انسان کو مضبوط بناتی ہے، اور میں بھی یہی کہوں گا۔ مگر یہ مضبوطی اکثر تنہائی کی قیمت پر آتی ہے۔ میں نے خود کو تنہا ہوتے دیکھا، اپنے اندر کے آوازوں سے لڑتے ہوئے، اور پھر بھی چہرے پر مسکراہٹ سجائے۔

خودداری کبھی محبت کے راستے بھی روک دیتی ہے۔ میں نے بارہا دیکھا کہ دل چاہتا تھا کہ بول دوں، مگر خودداری نے کہا، "خاموش رہو، وقت آئے گا۔" اور وقت آیا، مگر بہت کچھ بدل چکا تھا۔

یہ درد زیادہ تر ان لمحوں میں بڑھتا ہے جب انسان کی توقعات اور حقیقت میں فاصلہ پیدا ہوتا ہے۔ میں نے اپنے اندر کئی بار یہ فاصلہ محسوس کیا، اور ہر بار دل کی گہرائیوں میں خراش رہ گئی۔

خودداری انسان کو اپنی شناخت بچانے کا حوصلہ دیتی ہے، مگر انسان کو وہ بھی سکھاتی ہے کہ کبھی کبھی قربانی دینا ضروری ہے۔ میں نے کئی بار قربانی دی، اور یہ سمجھا کہ قیمت صرف محسوس کی جاتی ہے، لفظوں میں نہیں آتی۔

یہ درد اکثر خاموشی میں بڑھتا ہے۔ میں نے سیکھا کہ خودداری کے زخم دکھائی نہیں دیتے، مگر یہ دل کی تہہ میں گہرائی تک پہنچ جاتے ہیں۔ میں نے کئی بار اپنی خاموشی میں خود سے کہا، "یہی تمہاری پہچان ہے، اور یہی تمہاری سزا۔"

میں نے یہ بھی جانا کہ خودداری کے ساتھ جینا ایک مسلسل جدوجہد ہے۔ کبھی کبھی آپ ہارنے لگتے ہیں، کبھی کبھی آپ جیت جاتے ہیں۔ مگر یہ جیت بھی اندرونی ہوتی ہے، کسی کو نظر نہیں آتی۔

کچھ لوگ اپنی خودداری کی وجہ سے دوسرے لوگوں کو کھو دیتے ہیں، اور میں نے یہ حقیقت اپنی زندگی میں جھیلی ہے۔ دوست، پیار، مواقع—کچھ بھی اس درد سے بچ نہیں پاتا۔

خودداری کا سب سے دردناک پہلو یہ ہے کہ وہ انسان کو اندر سے تنہا کر دیتی ہے، مگر بیرونی دنیا میں مضبوط دکھاتی ہے۔ میں نے کئی بار یہ تضاد محسوس کیا، اور یہ سمجھا کہ اصل طاقت خاموشی میں چھپی ہوتی ہے۔

میں نے یہ بھی دیکھا کہ خودداری انسان کو اپنی شناخت سے جوڑتی ہے، مگر یہ تعلق کبھی کبھی انسان کو اپنی خوشیوں سے بھی الگ کر دیتا ہے۔ میں نے خود کو کئی بار خوشیاں چھوڑتے ہوئے پایا، صرف عزت برقرار رکھنے کے لیے۔

یہ درد ہمیشہ مستقل نہیں رہتا، مگر اس کا اثر زندگی بھر رہتا ہے۔ میں نے اپنے اندر کئی زخم محسوس کیے، جو کسی نے نہیں دیکھے، مگر ہر دن مجھے یاد دلاتے ہیں کہ خودداری کبھی آسان نہیں ہوتی۔

میں نے جانا کہ خودداری انسان کو انسان بناتی ہے، مگر اس کے ساتھ صبر اور قربانی بھی لاتی ہے۔ اور یہ قربانی سب سے زیادہ اندر سے محسوس ہوتی ہے، کسی کو دکھائی نہیں دیتی۔

یہ باب میری زندگی کے انہی لمحوں کی داستان ہے جب میں نے خودداری کو اختیار کیا اور اس کی قیمت محسوس کی۔ یہ درد، یہ تنہائی، یہ خاموشی—سب نے مجھے آج وہ بنایا ہے جو میں ہوں۔

شعر

خودداری نے دل کو جکڑ لیا ہے
خاموشیوں نے درد بڑھا دیا ہے
جو کہا نہ جا سکا، وہی سب سے گہرا لگا
اور ہر مسکراہٹ نے زخم چھپا دیا ہے

—مُنتَہا رِیاض لُون

7آج کا انسان، کل کی پریشانی

آج کا انسان کل کی پریشانی میں جکڑا ہوا نظر آتا ہے۔ میں نے زندگی میں یہ حقیقت قریب سے دیکھی ہے کہ ہر نیا دن ہمیں نئے چیلنجز کے ساتھ نہیں بلکہ پرانی سوچ، پرانے زخم اور ادھورے خواب کے ساتھ ملتا ہے۔ ہم آج کی خوشیوں کے لیے جدوجہد کرتے ہیں، مگر کل کی پریشانی اکثر ان خوشیوں کا سایہ بنتی ہے۔

میں نے دیکھا کہ انسان ہر لمحے کچھ نہ کچھ کھو رہا ہے۔ کچھ لوگ وقت کے ساتھ بدل جاتے ہیں، کچھ حالات کے ساتھ، اور کچھ اپنے خوابوں کے ساتھ۔ آج کی رفتار میں انسان اپنی ذات کو کھو دیتا ہے، اور کل کے بوجھ کو اپنے کندھوں پر اٹھا کر چلتا رہتا ہے۔

زندگی کی دوڑ میں ہم اکثر وقت کے شکنجے میں پھنس جاتے ہیں۔ میں نے محسوس کیا کہ کل کی پریشانی کا تعلق ماضی کی غلطیوں اور موجودہ خوف سے ہے۔ انسان نے کئی بار یہ سوچا کہ آج کا دن بہتر ہوگا، مگر کل کے سوال آج بھی دہراتے ہیں۔

آج کے انسان کی سب سے بڑی تنہائی اس کے اپنے خیالات ہیں۔ میں نے کئی لمحے ایسے دیکھے جب لوگ باہر سے محفلوں میں مسکرا رہے تھے، مگر اندر خود سے لڑ رہے تھے۔ یہی وہ جنگ ہے جو نظر نہیں آتی، مگر دل کو جلا دیتی ہے۔

کل کی پریشانی انسان کے خوابوں کو دھندلا کر دیتی ہے۔ میں نے دیکھا کہ ہر انسان کے اندر چھپے خوف اور غصے کی ایک لڑی ہوتی ہے، جو کبھی بھی سطح پر آ سکتی ہے۔ یہ لڑی اکثر آج کی خوشیوں میں بھی گھٹن پیدا کر دیتی ہے۔

میں نے یہ بھی جانا کہ آج کا انسان آج کے لمحے میں مکمل طور پر نہیں جیتا۔ وہ کل کی فکر میں الجھا رہتا ہے، اور اپنے حال کو کبھی آزاد نہیں ہونے دیتا۔ اسی الجھن نے مجھے کئی بار اندر سے تھک کر رہنے پر مجبور کیا۔

کل کی پریشانی انسان کے تعلقات پر بھی اثر ڈالتی ہے۔ میں نے دوست، رشتے‌دار، حتیٰ کہ اپنے قریب ترین لوگوں کے ساتھ فاصلہ محسوس کیا کیونکہ دل اور دماغ کل کے بوجھ میں الجھا ہوا تھا۔ وہ لمحے جب سکون ملنا چاہیے تھا، تنہائی اور فکر نے بدل دیا۔

آج کا انسان اکثر اپنی قدر اور اہمیت بھول جاتا ہے۔ میں نے دیکھا کہ لوگ اپنے خواب، اپنی خوشیاں، اور اپنے آرام کو کل کی پریشانی کے سامنے قربان کر دیتے ہیں۔ یہ قربانی کبھی لازم نہیں ہوتی، مگر مجبوریاں انسان کو روک دیتی ہیں۔

میں نے یہ بھی محسوس کیا کہ کل کی پریشانی میں اکثر انسان اپنی خودداری اور انا کھو دیتا ہے۔ وہ اپنی خاموشی، اپنے اصول، اور اپنی پہچان کو بھی قربان کر دیتا ہے، صرف اس خوف کے لیے کہ کل کیا ہوگا۔

آج کے انسان کو اکثر یہ احساس نہیں ہوتا کہ کل کی پریشانی کو آج کے لمحے میں بدلنا ممکن ہے۔ میں نے خود کئی بار یہ سبق سیکھا کہ خوف اور فکر کے بوجھ کو کم کرنے کا واحد راستہ یہ ہے کہ آج کے لمحے کو جیا جائے، ورنہ کل ہمیشہ بوجھ ہی بن کر رہتا ہے۔

میں نے یہ بھی سیکھا کہ کل کی پریشانی انسان کو سیکھنے اور مضبوط ہونے کا موقع بھی دیتی ہے۔ اگر اسے سمجھا جائے، تو یہ صرف درد نہیں بلکہ سبق بن جاتی ہے۔

آج کے انسان کی سب سے بڑی کمزوری یہ ہے کہ وہ اکثر اپنے اندر کے سکون کو نظرانداز کر دیتا ہے۔ میں نے خود کئی بار اپنی خاموشی میں یہ سمجھا کہ سکون تب ملتا ہے جب ہم کل کے بوجھ کو دل سے اتار سکیں۔

کل کی پریشانی اکثر انسان کو حقیقت سے دور کر دیتی ہے۔ میں نے دیکھا کہ لوگ اپنے خوابوں کو بھول جاتے ہیں، اپنے تعلقات کو کم تر سمجھ لیتے ہیں، اور اپنے دل کی آواز کو دبانے لگتے ہیں۔

میں نے یہ بھی جانا کہ کل کی پریشانی اور آج کی جدوجہد ہمیشہ ساتھ چلتی ہیں۔ انسان کو یہ سمجھنا ہوتا ہے کہ ماضی کا بوجھ مستقبل کی روشنی میں نہیں جا سکتا، مگر یہ بوجھ آج کے لمحے کو متاثر ضرور کرتا ہے۔

آج کا انسان اگرچہ مضبوط نظر آتا ہے، مگر اس کی آنکھوں میں وہی گھٹن چھپی ہوتی ہے جو کل کی پریشانی پیدا کرتی ہے۔ میں نے اپنے اندر یہ گھٹن بارہا محسوس کی، اور یہ سمجھا کہ طاقت صرف دکھائی نہیں جاتی، محسوس بھی کی جاتی ہے۔

میں نے یہ سیکھا کہ کل کی پریشانی انسان کو توڑ سکتی ہے، مگر جو اسے سمجھ کر جیتا ہے، وہ مضبوط بھی بن جاتا ہے۔ اسی تجربے نے مجھے زندگی کے ہر لمحے کو قدر دینے کا درس دیا۔

یہ باب میری ان جدوجہدوں کا خلاصہ ہے، جہاں میں نے ہر دن کل کے بوجھ کے ساتھ جیا، اور سیکھا کہ انسانیت، صبر اور برداشت ہی وہ طاقت ہیں جو ہمیں آگے بڑھاتی ہیں۔

شعر

آج کے انسان کی آنکھوں میں چھپی گھٹن
کل کی پریشانی میں بند ہے ہر سپن
جیتے ہیں وہ، جو سمجھیں وقت کی راہ
ورنہ ہر خوشی بھی لگے ہے فریب سن

—مُنتَہا رِیاض لُون

حصہ پنجم: اُمید، شفا اور روشنی

زندگی کے ہر درد، ہر زخم اور ہر شکست کے بعد ایک روشنی چھپی ہوتی ہے، جو انسان کو ہمت، حوصلہ اور نیا سفر دینے کی طاقت رکھتی ہے۔ میں نے اپنے تجربات میں یہ سیکھا ہے کہ اُمید کبھی ختم نہیں ہوتی، شفا ہر زخم کے بعد ممکن ہے، اور روشنی ہمیشہ اندر سے پیدا ہوتی ہے۔ گر کر سنبھلنا، اندھیروں میں دیا جلانا، خود پر یقین اور زخموں سے روشنی تک کا یہ سفر میرے دل و دماغ کی حقیقت ہے۔

میں نے زندگی کے ان لمحوں کو جھیلا ہے جب ہر طرف اندھیرا چھایا ہوا تھا، مگر ایک چھوٹی سی کوشش، ایک چھوٹا سا حوصلہ، اور اپنے دل کی طاقت نے مجھے آگے بڑھنے کی ہمت دی۔ ہر درد، ہر ناکامی، ہر شکست نے مجھے یہ سبق دیا کہ زندگی کی اصل خوبصورتی انہی لمحوں میں چھپی ہے جب ہم اپنے اندر روشنی پیدا کرتے ہیں۔

یہ حصہ میری اپنی زندگی کے تجربات کی عکاسی ہے، جو انسان کو یہ سکھاتا ہے کہ درد، شکست اور مایوسی کے باوجود انسان اپنے اندر روشنی جلا سکتا ہے۔ یہ ہمیں امید، صبر، شفا اور اپنی خودی کی اہمیت کا شعور دیتا ہے۔ میں نے یہ جانا ہے کہ روشنی کی اصل طاقت ہمارے اندر چھپی ہوتی ہے، اور یہی طاقت ہر اندھیری رات کو روشن کر سکتی ہے۔

یہ تحریریں میرے اپنے دل کے زخموں، خاموشیوں اور تجربات کی عکاسی ہیں۔ میں نے سیکھا کہ انسان کو زندگی میں جینے، بڑھنے اور اپنے آپ پر یقین رکھنے کے لیے صرف اپنے اندر کی روشنی تلاش کرنی ہوتی ہے۔

شعر

ہر زخم کے بعد روشنی چھپی ہوئی ہے،
ہر شکست میں امید کی کہانی چھپی ہوئی ہے۔
جو دل میں روشنی جلائے، وہ اندھیروں سے نہ گھبرائے،
زندگی کی شفا اور حوصلہ ہمیشہ اسی میں چھپی ہوئی ہے۔

——مُنتَہا رِیاض لُون

1-ہر درد کا ایک مطلب ہوتا ہے

زندگی نے مجھے سکھایا کہ ہر درد بے مقصد نہیں ہوتا۔ میں نے کئی بار دل کے زخم محسوس کیے، آنکھوں میں آنسو بھرے، اور روح کی گہرائیوں میں سنسناہٹ محسوس کی، مگر ہر زخم نے مجھے کچھ نیا سکھایا۔ یہ درد کبھی وقت کی مار سے آتا ہے، کبھی کسی کی جدائی سے، اور کبھی اپنی خاموشی کے ساتھ رہنے کی ضرورت سے۔ میں نے جانا کہ یہ تکلیف صرف جسمانی یا عارضی نہیں ہوتی، بلکہ یہ روح کی تربیت کرتی ہے۔

ہر درد انسان کو خود سے ملاتا ہے۔ میں نے اپنے اندر کے خوف، کمزوری اور جذبات کا سامنا اسی درد کے ذریعے کیا۔ میں نے سیکھا کہ جو تکلیف انسان کو ڈرا سکتی ہے، وہی اسے مضبوط بھی بنا سکتی ہے۔ درد کے بغیر انسان اپنی حقیقت کو نہیں پہچان سکتا۔

میں نے دیکھا کہ کچھ زخم جلد مندمل ہو جاتے ہیں، مگر کچھ زندگی بھر ساتھ رہتے ہیں۔ ان کے نشان دل پر رہتے ہیں، مگر یہ نشان ہمیں یاد دلاتے ہیں کہ ہم نے جینے کا حوصلہ رکھا۔ میں نے اپنے زخموں کو دیکھا، اور یہ سیکھا کہ ہر درد ہمیں اپنی قدر سکھاتا ہے۔

درد انسان کو عاجز بھی کرتا ہے اور بلند بھی۔ میں نے بارہا یہ محسوس کیا کہ جب انسان اپنی حدود سے آگے بڑھتا ہے، تب سب سے زیادہ درد محسوس کرتا ہے۔ مگر اسی درد میں وہ انسان اپنی اصل طاقت پہچانتا ہے۔

کچھ درد خاموش ہوتے ہیں، جو نظر نہیں آتے مگر دل میں چیخ کرتے ہیں۔ میں نے زندگی میں کئی ایسے لمحے جھیلے جب کسی نے میری تکلیف نہ سنی، مگر اسی خاموشی نے مجھے اندر سے مضبوط بنایا۔

میں نے سیکھا کہ ہر درد کا مطلب صرف یہ نہیں کہ ہمیں دکھ پہنچایا گیا، بلکہ یہ بھی ہے کہ ہمیں سیکھنا، سمجھنا اور بڑھنا ہے۔ میں نے اپنے تجربے سے یہ جانا کہ درد انسان کو خود کی رہنمائی دیتا ہے۔

درد کبھی ہمیں تنہا کر دیتا ہے، مگر یہ تنہائی ہمیں خود سے قریب لے آتی ہے۔ میں نے کئی بار یہ محسوس کیا کہ جب کوئی ساتھ نہیں ہوتا، تب انسان اپنی خاموش دعاؤں اور سوچ کے ذریعے سکون تلاش کرتا ہے۔

کچھ درد ہمیں دوسروں کے دکھ کا احساس دلاتے ہیں۔ میں نے دیکھا کہ جو خود تکلیف میں ہیں، وہ دوسروں کے درد کو بہتر سمجھ پاتے ہیں۔ اسی طرح درد ہم میں ہمدردی اور محبت پیدا کرتا ہے۔

ہر درد انسان کو صبر سکھاتا ہے۔ میں نے اپنے زخموں سے یہ سبق لیا کہ جو برداشت کرتا ہے، وہ آخرکار خود کو پہچان لیتا ہے۔ صبر کے بغیر، انسان درد کے معنی کو نہیں سمجھ سکتا۔

کچھ درد اتنے شدید ہوتے ہیں کہ آنکھوں سے زیادہ دل کو چھوتے ہیں۔ میں نے محسوس کیا کہ یہ وہ درد ہے جو ہمیں انسان بناتا ہے، جو ہمارے وجود کو مضبوط کرتا ہے اور ہماری روح کو پاکیزہ بناتا ہے۔

درد انسان کی سوچ کو بدل دیتا ہے۔ میں نے دیکھا کہ جو شخص درد کے ذریعے سیکھتا ہے، وہ دنیا کو بھی نئے زاویے سے دیکھتا ہے۔ وہ چھوٹی خوشیوں کو زیادہ محسوس کرتا ہے اور چھوٹے زخموں کو بھی اہمیت دیتا ہے۔

میں نے یہ بھی جانا کہ ہر درد کا مقصد انسان کو ہمت دینا ہے۔ یہ ہمیں بتاتا ہے کہ ہم کمزور نہیں، بس راستہ سخت ہے۔ اور جو راستہ سخت ہوتا ہے، وہ سب سے خوبصورت منزل تک لے جاتا ہے۔

درد ہمیں اپنی حقیقت سے ملاتا ہے۔ میں نے اپنے زخموں سے یہ سبق سیکھا کہ جو تکلیف دل میں گھس جائے، وہ زندگی کے ہر لمحے کو معنی دے دیتی ہے۔

ہر درد کا مطلب کبھی ماضی کی غلطیوں سے ہوتا ہے، کبھی مستقبل کی فکر سے، اور کبھی موجودہ لمحے کی آزمائش سے۔ میں نے سیکھا کہ درد صرف ایک نشان نہیں، بلکہ ایک رہنما بھی ہے۔

کچھ درد ایسے بھی ہوتے ہیں جو خاموش دعا کی صورت میں ختم ہو جاتے ہیں۔ میں نے خود محسوس کیا کہ اندر کی آنکھیں جو دیکھتی ہیں، اور دل جو محسوس کرتا ہے، وہی اصل شفا ہے۔

درد کے بغیر انسانیت کا احساس ادھورا رہتا ہے۔ میں نے یہ جانا کہ جو شخص صرف خوشی میں جیتا ہے، وہ اصل زندگی نہیں جان پاتا۔ درد کے ذریعے ہی انسان اپنے اور دوسروں کے جذبات کو سمجھتا ہے۔

میں نے یہ بھی دیکھا کہ درد ہمیں اپنی حدود سے آگے بڑھنے پر مجبور کرتا ہے۔ ہر امتحان، ہر زخم، اور ہر دھچکہ ہمیں بہتر انسان بناتا ہے۔

درد کبھی صبر، کبھی ہمت، کبھی برداشت، اور کبھی شفا کا راستہ دکھاتا ہے۔ میں نے اپنے زخموں سے یہ سیکھا کہ ہر تکلیف کی ایک وجہ ہوتی ہے، اور وہ وجہ ہمیں بہتر بناتی ہے۔

یہ باب میری زندگی کے انہی لمحوں کی عکاسی ہے، جہاں میں نے ہر زخم، ہر شکست، اور ہر رنج سے کچھ سیکھا، اور یہ سمجھا کہ درد کے بغیر انسانیت کا شعور مکمل نہیں ہوتا۔

شعر

ہر درد کے پیچھے چھپی کہانی ہے
خاموش آنکھوں میں چھپی رنجش بھی زبانی ہے
جو جھیلا ہے، وہی حقیقت جان پائے
زخم میں چھپی روشنی، سب سے کہانی ہے

—مُنتہٰا رِیاض لُون

2-گر کر سنبھلنے کی خوبصورتی

زندگی کا سب سے خوبصورت سبق میں نے گر کر سیکھا ہے۔ میں نے محسوس کیا کہ انسان کے لیے گرنا شرمندگی یا شکست نہیں، بلکہ ایک ضرورت ہے جو اسے مضبوط بناتی ہے۔ ہر گرنا انسان کو اپنی حقیقت، اپنی حدود اور اپنی طاقت کا شعور دیتا ہے۔ میں نے خود کئی بار زندگی کے اتار چڑھاؤ میں ٹوٹا، مگر ہر بار اٹھ کر چلنا بھی سیکھا۔

گرنا ہمیں دکھاتا ہے کہ ہم مکمل نہیں، مگر اٹھ کر چلنا ہمیں سکھاتا ہے کہ ہم ہر نقصان کے بعد بھی زندہ رہ سکتے ہیں۔ میں نے کئی بار اپنے زخموں سے یہ سبق سیکھا کہ جو شخص خوف کے بغیر دوبارہ اٹھتا ہے، وہی اصل جیتتا ہے۔

گر کر سنبھلنے کی خوبصورتی یہ ہے کہ یہ انسان کو عاجزی بھی سکھاتی ہے اور حوصلہ بھی دیتی ہے۔ میں نے اپنی کمزوریوں کو قبول کر کے، اور اپنے زخموں کو چھپائے بغیر، یہ جانا کہ اصل طاقت اندر سے آتی ہے، اور یہی خوبصورتی ہے۔

میں نے دیکھا کہ زندگی میں اکثر لوگ صرف کامیابی کی تعریف کرتے ہیں، مگر گر کر اٹھنے والے لمحے کبھی یاد نہیں رکھتے۔ میں نے یہ محسوس کیا کہ وہ لمحے انسان کی شخصیت کو تعمیر کرتے ہیں، اور اس کے اندر ایک مضبوط روح پیدا کرتے ہیں۔

گرنا انسان کو سبق دیتا ہے کہ دنیا ہمیشہ ہموار نہیں ہوتی۔ میں نے سیکھا کہ جو شخص مشکلات میں لڑتا ہے، وہ صرف حالات پر نہیں بلکہ خود پر بھی قابو پاتا ہے۔ ہر زخم، ہر ناکامی، اور ہر دھچکہ ایک سبق ہوتا ہے جو روح میں اترتا ہے۔

میں نے یہ بھی جانا کہ گرنا اور سنبھلنا صرف جسمانی نہیں، بلکہ دل اور دماغ کا بھی معاملہ ہے۔ کئی بار میں نے دیکھا کہ انسان بیرونی طور پر مضبوط لگتا ہے، مگر اندر ٹوٹا ہوا ہوتا ہے۔ گر کر سنبھلنا اسے دوبارہ اپنی خودی کے قریب لے آتا ہے۔

گر کر سنبھلنے کی سب سے بڑی خوبی یہ ہے کہ یہ انسان کو اپنے اندر جھانکنے کا موقع دیتی ہے۔ میں نے اپنے اندر کے خوف، پچھتاوے اور ادھورے خواب اس طرح پہچانے، اور یہ جانا کہ یہی اندرونی شعور ہمیں آگے بڑھاتا ہے۔

میں نے سیکھا کہ گرنا کسی کی کمزوری نہیں، بلکہ ہمت کی علامت ہے۔ جو انسان خوف کے بغیر دوبارہ اٹھتا ہے، وہی زندگی کے اصل معنی سمجھتا ہے۔

گرنا ہمیں صبر سکھاتا ہے۔ میں نے محسوس کیا کہ جو شخص گر کر بھی ہمت نہیں ہارتا، وہ زندگی کے ہر امتحان میں کامیاب ہو سکتا ہے۔ یہ صبر اندر سے پیدا ہوتا ہے، اور یہی خوبصورتی ہے۔

میں نے دیکھا کہ گر کر سنبھلنے والے انسان اکثر دوسروں کے لیے مثال بنتے ہیں۔ وہ اپنی کہانیوں کے ذریعے سکھاتے ہیں کہ زندگی میں شکست سے نہ ڈریں، بلکہ اسے اپنے فائدے کے لیے استعمال کریں۔

گرنا انسان کو حقیقت سے روشناس کراتا ہے۔ میں نے اپنی کمزوریوں اور ناکامیوں کے ذریعے یہ جانا کہ انسان جتنا حقیقت سے جُڑا ہوتا ہے، اتنا ہی مضبوط اور زندگی سے مطمئن رہتا ہے۔

گر کر سنبھلنے کا سبق یہ بھی دیتا ہے کہ کوئی زخم مستقل نہیں ہوتا۔ میں نے محسوس کیا کہ وقت، صبر اور ہمت سے ہر زخم مندمل ہو سکتا ہے، اور انسان دوبارہ روشنی کی طرف بڑھ سکتا ہے۔

میں نے یہ بھی دیکھا کہ جو شخص گر کر سنبھلتا ہے، وہ اپنے اندر اعتماد پیدا کرتا ہے۔ ہر سنبھلنا ایک چھوٹا سا فتح کا لمحہ ہوتا ہے، جو انسان کو آگے بڑھنے کی ہمت دیتا ہے۔

گر کر سنبھلنا انسان کو اندر سے خود مختار بناتا ہے۔ میں نے اپنے اندر یہ احساس پایا کہ کوئی بھی زخم، کوئی بھی ناکامی، انسان کی خودی کو نہیں مٹا سکتی، اگر وہ خود کو سنبھال سکے۔

میں نے زندگی کے اتار چڑھاؤ میں یہ بھی جانا کہ گرنا اکثر انسانی فطرت ہے، مگر سنبھلنا فن۔ اور یہی فن ہر انسان کے لیے زندگی کی سب سے قیمتی چیز ہے۔

یہ باب میری انہی تجربات کی عکاسی ہے جہاں میں نے گر کر سنبھلنے کا سکون اور خوبصورتی دیکھی۔ ہر زخم، ہر ناکامی، اور ہر دھچکہ مجھے آج وہ انسان بناتا ہے جو میں ہوں۔

شعر

گرنا سکھاتا ہے، سنبھلنا سکھاتا ہے،
ہر زخم دل کے اندر نیا راستہ دکھاتا ہے،
جو اٹھتا ہے خوف کے بغیر، وہ جیت جاتا ہے،
زندگی کی یہ خوبصورتی ہر لمحے میں مل جاتی ہے۔

—مُنتہا رِیاض لُون

3- اندھیروں میں بھی دیا جلایا جا سکتا ہے

زندگی میں اکثر اندھیرا ایسا چھا جاتا ہے کہ انسان خود کو گم محسوس کرتا ہے۔ میں نے دیکھا ہے کہ اندھیری راتیں نہ صرف ماحول میں بلکہ دل و دماغ میں بھی چھا جاتی ہیں۔ ہر اندھیرا خوف پیدا کرتا ہے، ہر خاموشی ایک افراتفری بن جاتی ہے، اور انسان اکثر ہار ماننے لگتا ہے۔ مگر میں نے یہ بھی محسوس کیا کہ اسی اندھیرے میں ایک چھوٹا سا دیا جلانے سے روشنی پیدا کی جا سکتی ہے۔

یہ دیا کسی بڑے چراغ کی شکل میں نہیں، بلکہ ایک چھوٹی سی کوشش، ایک چھوٹا سا قدم، اور ایک عاجز دل کی ہمت کی صورت میں ہوتا ہے۔ میں نے زندگی کے ان لمحوں میں یہ جانا کہ روشنی تلاش کرنا کسی بڑے عمل کا محتاج نہیں، بس دل کی نیت صاف اور حوصلہ مضبوط ہونا چاہیے۔

اندھیروں میں دیا جلانا سب سے مشکل کام ہے۔ میں نے کئی بار خود کو بے بس محسوس کیا، مایوسی کی گہرائیوں میں ڈوبا، مگر ایک چھوٹے قدم نے ہی میری رہنمائی کی۔ یہ روشنی باہر کی نہیں، اندر کی ہوتی ہے جو ہر مشکل لمحے میں امید جگاتی ہے۔

میں نے سیکھا کہ اندھیرا کبھی ختم نہیں ہوتا، مگر دیا جلانے کا عمل ہمیشہ ممکن ہے۔ یہ عمل انسان کو مضبوط کرتا ہے، دل کو سکون دیتا ہے، اور روح میں نئی روشنی بھرتا ہے۔

اندھیروں میں دیا جلانے کے لیے صبر اور حوصلہ چاہیے۔ میں نے یہ جانا کہ جو شخص اپنی کمزوریوں اور خوف کے باوجود روشنی پھیلانے کی کوشش کرتا ہے، وہ حقیقی طاقت کا مالک ہے۔

میں نے دیکھا کہ کبھی کبھی دیا جلانے کا عمل دوسروں کے لیے بھی امید بن جاتا ہے۔ ایک چھوٹا سا عمل کسی کی زندگی میں روشنی پیدا کر سکتا ہے، اور میں نے ایسے کئی لمحات جھیلے جہاں میری چھوٹی کوشش نے کسی کے دل کو روشن کر دیا۔

اندھیروں میں دیا جلانا ہمیں یہ بھی سکھاتا ہے کہ روشنی کا مقصد خود کو دکھانا نہیں، بلکہ دوسروں کے لیے امید کا راستہ بنانا ہے۔ میں نے یہ سبق اپنے تجربات سے سیکھا کہ ہر روشنی جو اندھیروں میں جلتی ہے، وہ دنیا کو بدلنے کی صلاحیت رکھتی ہے۔

میں نے یہ بھی محسوس کیا کہ اندھیروں میں دیا جلانے والا انسان اکثر تنہا ہوتا ہے۔ مگر یہی تنہائی اسے اپنی روشنی اور مقصد کے قریب لے جاتی ہے۔ میں نے اپنے اندر یہ روشنی تلاش کی، اور یہ جانا کہ حقیقی شجاعت اندھیروں میں روشنی پھیلانے میں چھپی ہے۔

اندھیروں میں دیا جلانے کا سب سے خوبصورت پہلو یہ ہے کہ یہ امید پیدا کرتا ہے۔ میں نے محسوس کیا کہ ہر چھوٹا دیا، چاہے کتنا ہی معمولی لگے، زندگی میں روشنی کا سبب بنتا ہے۔

میں نے دیکھا کہ یہ دیا کبھی شکست نہیں کھاتا۔ حالات جتنے بھی مشکل ہوں، جب انسان دل سے روشنی پھیلانے کی کوشش کرتا ہے، تو ہر اندھیرا کمزور پڑ جاتا ہے۔

اندھیروں میں دیا جلانا ہمیں یہ بھی سکھاتا ہے کہ خوشی اور سکون باہر سے نہیں آتے، بلکہ دل کی محنت اور دل کی نیت سے پیدا ہوتے ہیں۔ میں نے اپنے دل کے اندھیروں میں روشنی جلائی، اور سکون پایا۔

یہ دیا کبھی جلتی ہوئی شمع نہیں ہوتا، بلکہ یہ دل کی ہمت، حوصلے، اور صبر کی علامت ہوتا ہے۔ میں نے دیکھا کہ جب انسان دل سے روشنی پیدا کرتا ہے، تو وہ خود بھی روشن ہو جاتا ہے۔

میں نے یہ بھی سیکھا کہ اندھیروں میں دیا جلانے کے لیے کسی کی اجازت یا تعریف کی ضرورت نہیں۔ انسان جب دل سے روشنی پیدا کرتا ہے، تو یہ عمل خود بخود اثر ڈال دیتا ہے۔

میں نے دیکھا کہ اندھیروں میں دیا جلانا زندگی کے ہر پہلو میں لاگو ہوتا ہے—خواہ وہ محبت ہو، امید ہو، علم ہو یا صبر۔ یہ ہر جگہ چھوٹے چھوٹے اعمال کی صورت میں نظر آتا ہے۔

میں نے یہ جانا کہ اندھیروں میں دیا جلانا انسان کے اندر چھپی ہمت اور حوصلے کو ظاہر کرتا ہے۔ یہ ایک خاموش طاقت ہے جو ہر لمحے انسان کو آگے بڑھنے کی ترغیب دیتی ہے۔

اندھیروں میں دیا جلانا کبھی آسان نہیں، مگر یہ سب سے قیمتی عمل ہے۔ میں نے یہ سیکھا کہ جو شخص ہر تاریکی میں روشنی پیدا کرنے کی ہمت رکھتا ہے، وہ زندگی میں ہر مشکل کا مقابلہ کر سکتا ہے۔

یہ باب میری زندگی کے ان لمحوں کی عکاسی ہے جہاں میں نے ہر اندھیری رات میں امید کی روشنی پیدا کی، اور یہ جانا کہ روشنی چاہے چھوٹی ہو، مگر اثر ہمیشہ گہرا ہوتا ہے۔

شعر

اندھیروں میں چھوٹی روشنی بھی روشنی ہے،
خاموش دل کی ہمت سب سے بڑی روشنی ہے۔
جو جلائے دیا، وہی سکون پائے دل میں،
ہر زخم کے بعد امید کی روشنی بھی زہریں ہے۔

—مُنتَہٰا رِیاض لُون

4-خود پر یقین کا سفر

زندگی نے مجھے یہ سکھایا کہ سب سے مشکل سفر وہ ہے جو انسان اپنے اندر کرتا ہے—اپنے خوف، شک اور شکایات کے بیچ۔ میں نے کئی بار اپنے آپ پر یقین کھو دیا، دل میں شک کی آگ بھڑکائی، اور ہر لمحے یہ سوچا کہ کیا میں دوبارہ اٹھ پاؤں گا۔ مگر وقت کے ساتھ میں نے جانا کہ خود پر یقین کا سفر صرف حوصلے، صبر اور محنت سے مکمل ہوتا ہے۔

میں نے دیکھا کہ جب انسان اپنے اندر چھپی کمزوریوں کا سامنا کرتا ہے، تب ہی وہ اپنی اصل طاقت پہچان پاتا ہے۔ میں نے کئی بار اپنے دل کی گہرائیوں میں جھانکا، اور ہر بار یہ جانا کہ خود پر یقین صرف کامیابی کے لیے نہیں، بلکہ زندہ رہنے کے لیے بھی ضروری ہے۔

خود پر یقین کا سفر کبھی آسان نہیں ہوتا۔ میں نے اپنے اندر کے خوف اور مایوسی سے لڑائی لڑی، اور ہر زخم نے مجھے یاد دلایا

کہ ہارنا آسان ہے، مگر اٹھنا مشکل۔ مگر جو شخص اٹھنے کی ہمت کرتا ہے، وہی روشنی دیکھتا ہے۔

میں نے یہ بھی محسوس کیا کہ خود پر یقین ہمیں دوسروں کے دباؤ اور معاشرتی توقعات سے آزاد کرتا ہے۔ میں نے دیکھا کہ جو شخص اپنے آپ پر یقین رکھتا ہے، وہ اپنی زندگی کے فیصلے خود کرتا ہے، اور دنیا کی رائے اسے متاثر نہیں کر پاتی۔

یہ سفر اکثر تنہائی میں مکمل ہوتا ہے۔ میں نے کئی راتیں اپنے دل سے باتیں کرتے ہوئے گزاری، اپنے خوف اور خواہشات کو سمجھا، اور اسی خاموشی نے مجھے خود پر یقین دینا سکھایا۔

میں نے جانا کہ خود پر یقین کا تعلق صرف طاقت سے نہیں، بلکہ حوصلے، برداشت اور اپنی غلطیوں سے سیکھنے کی صلاحیت سے ہے۔ میں نے اپنی غلطیوں کو قبول کیا، اور ہر بار یہ سوچا کہ یہ تجربات مجھے بہتر انسان بنا رہے ہیں۔

خود پر یقین کا سفر انسان کو حقیقت سے روشناس کراتا ہے۔ میں نے دیکھا کہ جو شخص اپنے اندر کی کمزوریوں کو پہچانتا ہے، وہ دوسروں کے لیے بھی روشنی بن سکتا ہے۔

میں نے سیکھا کہ ہر ناکامی، ہر دھچکہ، اور ہر زخم ہمیں خود پر یقین کرنے کا موقع دیتا ہے۔ میں نے اپنی زندگی کے انہی لمحات سے یہ سبق لیا کہ خوف کی شدت جتنی زیادہ ہو، خود پر یقین اتنا ہی قیمتی ہوتا ہے۔

خود پر یقین انسان کو اپنی پہچان دیتا ہے۔ میں نے محسوس کیا کہ جو شخص خود پر یقین رکھتا ہے، وہ اپنی منزل کی طرف بلا خوف بڑھتا ہے، اور ہر مشکل لمحے میں اپنے آپ کو مضبوط پاتا ہے۔

یہ سفر کبھی لمبا اور کٹھن ہوتا ہے، مگر یہ سب سے خوبصورت سفر بھی ہے۔ میں نے اپنی زندگی میں یہ سیکھا کہ یہ سفر صرف جسمانی نہیں، بلکہ روحانی بھی ہے، اور یہ انسان کی شخصیت کو سنوارتا ہے۔

میں نے یہ بھی جانا کہ خود پر یقین کا سفر مسلسل جاری رہتا ہے۔ انسان ہر دن کچھ نیا سیکھتا ہے، اور ہر روز خود پر اعتماد پیدا کرتا ہے۔ یہ سفر اختتام نہیں رکھتا، کیونکہ انسان ہمیشہ بڑھتا رہتا ہے۔

میں نے دیکھا کہ خود پر یقین کا سفر انسان کو دوسروں کے ساتھ ہمدرد، محبت کرنے والا اور مضبوط بناتا ہے۔ میں نے محسوس کیا کہ جو شخص اپنے اندر یقین پیدا کرتا ہے، وہ اپنے اردگرد کے لوگوں کے لیے بھی مثال بنتا ہے۔

یہ سفر ہمیں یہ سکھاتا ہے کہ کوئی بھی کامیابی یا خوشی بغیر خود پر یقین کے مکمل نہیں ہو سکتی۔ میں نے اپنے تجربات سے جانا کہ جو شخص اپنے آپ پر اعتماد رکھتا ہے، وہ ہر رکاوٹ کو پار کر سکتا ہے۔

خود پر یقین انسان کے دل میں روشنی پیدا کرتا ہے۔ میں نے اپنی زندگی میں اس روشنی کو چھو کر جانا کہ یہ روشنی کبھی ختم نہیں ہوتی، بس اسے محسوس کرنا اور اعتماد رکھنا ضروری ہے۔

یہ سفر انسان کو اندر سے آزاد کرتا ہے۔ میں نے اپنے خوف، شک اور پچھتاوے کو پیچھے چھوڑ کر یہ جانا کہ خود پر یقین ہی وہ ہتھیار ہے جو زندگی کے ہر امتحان میں کام آتا ہے۔

میں نے یہ بھی محسوس کیا کہ خود پر یقین کا سفر انسان کو امید، حوصلہ اور شجاعت دیتا ہے۔ میں نے اپنے دل میں یہ روشنی پیدا کی، اور ہر دھچکے کے بعد اٹھنے کی ہمت پیدا کی۔

یہ باب میری زندگی کے انہی لمحوں کی عکاسی ہے جہاں میں نے خود پر یقین کرنا سیکھا، اپنے اندر چھپی طاقت کو پہچانا، اور یہ جانا کہ انسان کی سب سے بڑی طاقت خود پر اعتماد ہے۔

شعر

اندھیروں میں بھی اگر دل پر یقین ہو،
ہر رکاوٹ کے باوجود راہ یقین ہو۔
جو خود پر اعتماد رکھتا ہے دل میں،
وہ ہر زخم میں بھی روشنی پائے یقین ہو۔

ـــــمُنتَہٰا رِیاض لُون

5- زخموں سے روشنی تک

زندگی نے مجھے یہ سکھایا کہ ہر زخم، ہر درد، اور ہر شکست انسان کے اندر چھپی روشنی کو ظاہر کرنے کا ذریعہ ہوتا ہے۔ میں نے اپنے دل و دماغ کے زخموں کو محسوس کیا، جب ہر لمحہ ایک نئی آزمائش بن کر آیا، مگر یہی زخم مجھے اپنے اندر چھپی طاقت کی پہچان دلاتے رہے۔ ہر زخم ایک سبق ہے، اور ہر سبق روشنی کی طرف لے جاتا ہے۔میں نے دیکھا کہ زخم انسان کو توڑ بھی سکتے ہیں، مگر جو شخص صبر، ہمت اور تحمل سے جیتا ہے، وہی روشنی

تک پہنچتا ہے۔ میں نے اپنے اندر یہ روشنی تب دیکھی جب میں نے ہر تکلیف کو قبول کیا اور اسے اپنی طاقت میں بدل دیا۔

زخم کبھی صرف جسمانی یا ظاہری نہیں ہوتے، یہ دل، روح اور جذبات کے بھی ہوتے ہیں۔ میں نے کئی بار دل کی گہرائیوں میں ٹوٹ کر بھی یہ جانا کہ ہر ٹوٹا ہوا لمحہ ایک نئے شروع ہونے کا راستہ دکھاتا ہے۔

میں نے یہ بھی محسوس کیا کہ زخم انسان کو اپنے اصل آپ سے متعارف کرواتے ہیں۔ میں نے اپنے اندر چھپی خوف، کمزوری اور درد کو دیکھا، اور انہی زخموں نے مجھے سکھایا کہ روشنی ہمیشہ اندھیروں کے بعد ہی دکھائی دیتی ہے۔

ہر زخم انسان کو عاجزی سکھاتا ہے اور تحمل پیدا کرتا ہے۔ میں نے اپنے زخموں کے ذریعے یہ سیکھا کہ زندگی کے امتحانات صرف دکھانے کے لیے نہیں، بلکہ ہمیں بہتر بنانے کے لیے ہوتے ہیں۔

زخم انسان کو مضبوط بھی بناتے ہیں۔ میں نے دیکھا کہ جو شخص زخموں سے ہارتا نہیں، بلکہ انہیں جیتنے کے لیے استعمال کرتا ہے، وہ زندگی کے ہر امتحان میں کامیاب ہو سکتا ہے۔

میں نے یہ جانا کہ روشنی تبھی قیمتی ہوتی ہے جب انسان اسے خود پیدا کرے۔ میں نے اپنے اندر چھوٹی چھوٹی کامیابیوں، صبر اور حوصلے سے یہ روشنی جلا کر محسوس کی کہ ہر زخم کا ایک مطلب ہے۔

زخم انسان کو اپنی ذات کی پہچان کراتے ہیں۔ میں نے اپنے ہر درد، ہر پچھتاوے اور ہر ناکامی سے یہ سبق لیا کہ انسان کی اصل طاقت اس کے اندر چھپی ہوئی روشنی ہے، جو زخموں سے نکلتی ہے۔

میں نے یہ بھی دیکھا کہ زخم کبھی مکمل طور پر غائب نہیں ہوتے، مگر ان سے پیدا ہونے والی روشنی ہمیں سکون، حوصلہ اور امید دیتی ہے۔ میں نے اپنے اندر یہ روشنی محسوس کی اور جانا کہ یہی روشنی ہمیں دوبارہ جینے کا حوصلہ دیتی ہے۔

زخم انسان کو دوسروں کے درد کو سمجھنے کا موقع بھی دیتے ہیں۔ میں نے اپنے زخموں کے ذریعے ہمدردی، محبت اور شفقت کے حقیقی معنی سیکھے، اور جانا کہ روشنی صرف اپنے لیے نہیں، دوسروں کے لیے بھی جلائی جا سکتی ہے۔

میں نے یہ بھی محسوس کیا کہ زخموں سے روشنی تک کا سفر کبھی آسان نہیں ہوتا۔ یہ صبر، حوصلہ، اور مستقل جدوجہد کا تقاضا کرتا ہے۔ میں نے خود اس سفر کو جیا اور ہر قدم پر اپنے اندر کی طاقت محسوس کی۔

زخم انسان کو اپنے خوابوں، اپنے احساسات اور اپنی حقیقت کے قریب لے جاتے ہیں۔ میں نے اپنے ہر شکست، ہر دھچکے اور ہر رنج سے یہ سیکھا کہ روشنی کا آغاز اندر سے ہوتا ہے۔

زخم کبھی ہمیں مایوس بھی کرتے ہیں، مگر اسی مایوسی کے بیچ چھپی امید ہی ہمیں روشنی کی طرف لے جاتی ہے۔ میں نے اپنے اندر چھپی امید کو پہچانا اور اسے اپنی ہمت میں بدل دیا۔

میں نے یہ جانا کہ زخموں سے روشنی کا راستہ کبھی فوری نہیں ملتا۔ یہ ایک مسلسل سفر ہے، جہاں انسان ہر دن کچھ نیا سیکھتا ہے، اور ہر لمحہ اپنے اندر کی روشنی کو مضبوط کرتا ہے۔

زخم انسان کی سوچ کو بدل دیتے ہیں۔ میں نے دیکھا کہ جو شخص اپنے زخموں کو سمجھتا ہے، وہ دنیا کو بھی ایک نیا زاویہ سے دیکھتا ہے، اور چھوٹی خوشیوں کو بڑی اہمیت دیتا ہے۔

زخم ہمیں صبر، حوصلہ، برداشت اور شکر گزاری سکھاتے ہیں۔ میں نے اپنے زخموں سے یہ سبق لیا کہ زندگی کی ہر روشنی انہی اصولوں کے بغیر مکمل نہیں ہوتی۔

میں نے یہ بھی محسوس کیا کہ زخم انسان کو اپنی تقدیر کو قبول کرنا سکھاتے ہیں۔ ہر زخم، ہر ناکامی، اور ہر دھچکہ انسان کو سکون اور روشنی کی طرف لے جاتا ہے۔زخم انسان کو اپنی حقیقت سے ملواتے ہیں۔ میں نے یہ جانا کہ جو شخص ہر درد، ہر ناکامی اور ہر شکست کے بعد بھی اٹھتا ہے، وہی روشنی کو حقیقت میں تبدیل کر پاتا ہے۔

زخم انسان کی روح کو مضبوط بناتے ہیں۔ میں نے دیکھا کہ جو شخص اپنی اندرونی روشنی کو پہچانتا ہے، وہ ہر اندھیرا، ہر رکاوٹ اور ہر مشکل لمحے میں بھی روشنی پیدا کر سکتا ہے۔

یہ باب میری زندگی کے انہی لمحات کی عکاسی ہے جہاں میں نے اپنے زخموں سے روشنی حاصل کی، اپنے اندر چھپی طاقت کو پہچانا، اور یہ جانا کہ ہر درد، ہر ناکامی، اور ہر دھچکہ انسان کو ایک بہتر انسان بنانے کے لیے ہوتا ہے۔

شعر

زخموں کی گہرائی میں چھپی روشنی کو دیکھ،
ہر شکست کے بعد بھی حوصلے کو پہچان۔
جو درد جھیلا، وہی سکون پائے دل میں،
ہر زخم کے بعد امید کی روشنی جاگے جہاں۔

—مُنتَہا رِیاض لُون

شاعری کا حصہ

زندگی کے ہر لمحے میں درد اور امید کے رنگ چھپے ہوتے ہیں، اور شاعری وہ زبان ہے جو ان جذبات کو دل سے دل تک پہنچا دیتی ہے۔ یہ چند اشعار اسی سفر اور احساسات کی ترجمانی ہیں۔

کوشش تو کر رہا ہوں کہ کوئی خبر نہ پائے،
مگر چہرہ بتا رہا ہے، کہیں کھو سا گیا ہوں میں۔
آنکھوں کی نمی چھپائے نہ چھپ سکی مجھ سے،
یہ دل گواہی دیتا ہے، اندر سے ٹوٹ گیا ہوں میں۔

—انجینئر مُنتَہٰا رِیاض لُون

کچھ غیر حاضریاں وقت بھی مٹا نہیں پاتا،
وہ یادوں کے داغ دل سے جدا نہیں ہو پاتا۔
یہ زخم نہیں، ہماری پہچان بن گئے ہیں
جو ہر دھڑکن کے ساتھ جیا نہیں جاتا

—انجینئر مُنتَہٰا رِیاض لُون

شدید درد میں ہوں یارو،
کہاں سے کہاں آ گیا ہوں۔
کہیں کھو سا گیا ہوں میں،
یہ کہاں آ گیا ہوں میں۔

خواب بکھر کے راکھ ہوئے،
آس کے دیے بجھ گئے ہیں۔
جو کبھی خود سا لگتا تھا،
آج خود سے ہی دور گیا ہوں۔

—انجینئر مُنتَہٰا رِیاض لُون

کبھی سوچا نہ تھا کہ اُمید بھی تھکا دے گی،
کبھی بھروسہ بھی زخموں میں بدل جائے گا۔
ہر بار چاہا کسی پر دل سے یقین کروں،
مگر ہر بار دل ہی ٹوٹ کر خاموش ہو جائے گا۔

اب نہ کسی سے شکایت ہے، نہ کوئی گلہ،
بس اندر ہی اندر سب کہہ کر تھم گیا ہوں۔
لوگ سمجھتے ہیں کہ میں ٹھیک ہوں شاید،
پر حقیقت یہ ہے... کہ میں اب "میں" نہیں رہا
ہوں۔

—انجینئر مُنتَہٰا رِیاض لُون

پیار، بھروسہ، دھوکہ، اور جھوٹ...
یہ چاروں ایک ہی کہانی کے کردار ہیں۔

پیار میں ہم اندھے ہو جاتے ہیں،
بھروسے میں سب کچھ سونپ دیتے ہیں،
پھر دھوکے میں بکھر جاتے ہیں،
اور جھوٹ... ہمیں سچ پہ یقین نہ کرنے دیتا ہے۔

آخر میں رہ جاتا ہے ایک خاموش دل،
جو ہنستا بھی ہے... مگر ٹوٹا ہوا ہوتا ہے۔

—انجینئر مُنتَہٰا رِیاض لُون

سنا تھا زخم وقت بھر دیتا ہے،
خیر چھوڑو، اب تو لوگ ہی زخم دے دیتے
ہیں۔
میں بھی تھک گیا اس دو رنگی دنیا سے،
چلو کسی سچّے دل کے نگر میں جا بسیں۔
بخش دے اگر تیرا کرم شامل حال ہو،
تو پھر زندگی کیوں اتنا امتحاں لیتی ہے؟

انجینئر مُنتَہٰا رِیاض لُون ----

جاتے ہوئے لفظ بھی رو پڑے،
جب ساتھیوں سے بچھڑنے کی گھڑی آئی۔

جن کے ساتھ خواب بُنے تھے، اب وہی خواب
ادھورے رہ گئے،
جن لمحوں میں ہنسی تھی، آج وہی لمحے رُلا
گئے۔

یہ جدائی بھی کیا چیز ہے، مُنتَہٰا،
چہرے مسکرا رہے ہیں... مگر دل کہیں
اُداس ہے

انجینئر مُنتَہٰا رِیاض لُون

کاش یہ ہوا نہ ہوتا، یہ فاصلہ نہ آیا ہوتا،
کاش پتہ ہوتا، وہ لمحہ آخری سایہ ہوتا،
ہم روتے نہیں، روک لیتے اگر ہم تک ہوتا،
اب تو دل بھی کہتا ہے، کاش وہ لمحہ بس ہمارا ہوتا۔

انجینئر مُنتَہٰا رِیاض لُون

یہ دل آج پھر ٹوٹ کر بکھر گیا ہے۔
اپنوں کے ایک لفظ نے سینے میں کیل بنا کر اتر گیا ہے۔
جسے سہارے کی امید تھی، اسی نے دھکا دیا۔
جسے محبت کہا تھا، اسی نے زخم دے دیا۔
ماں باپ کا دل دکھے تو انسان خود سے بھی شرمندہ
ہو جاتا ہے۔
ان کی ناراضی آنکھوں میں نمک بن کر گھلتی رہتی
ہے۔
سانس چلتی ہے مگر سینہ پھٹنے جیسا درد رکنے کا
نام نہیں لیتا۔
چاہ کر بھی کچھ کہہ نہیں پاتا، بس اندر ہی اندر مر جاتا
ہوں۔

----انجینئر مُنتَہٰا رِیاض لُون

غلط فہمی

غلط فہمی وہ زہر ہے جو آہستہ آہستہ رشتوں کی جڑیں کھوکھلی کر دیتا ہے۔

یہ شور نہیں مچاتی، خاموشی سے دلوں میں اترتی ہے۔

باتوں کو سنا نہیں جاتا، صرف سمجھ لیا جاتا ہے۔

سچ پوچھا نہیں جاتا، بس فرض کر لیا جاتا ہے۔

اور پھر ایک دن رشتہ ٹوٹتا نہیں، بس اندر سے مر جاتا ہے۔

نہ شکایت باقی رہتی ہے، نہ وضاحت کی گنجائش۔

صرف ایک بوجھل خاموشی، اور دل میں جمع ہوتا ہوا پچھتاوا رہ جاتا ہے۔

آخر میں ایک شَعَر

غلط فہمیوں نے وہ کام کر دکھایا،
جو دشمن بھی نہ کر سکا،
ہم ایک دوسرے کے ہوتے ہوئے بھی
ایک دوسرے سے بچھڑ گئے۔

----انجینئر مُنتَہٰا رِیاض لُون

اس کی یاد آئی تو کچھ زخم پرانے جاگ اٹھے،
جو بھرے بھی نہ تھے کبھی، آج پھر رسنے لگے۔
خاموش دل نے درد کو لفظوں میں ڈھالا نہیں،
بس آنکھوں سے وہ قصے بے صدا بہنے لگے

----انجینئر مُنتَہٰا رِیاض لُون

قدر

ہم نے اس کی قدر نہ کی جس نے ہمیں ٹوٹ کر چاہا۔
جو ہر حال میں ہمارے ساتھ کھڑا رہا، خاموشی سے، بغیر کسی شرط کے۔
ہم نے اس کی محبت کو عادت سمجھا، اس کی خاموشی کو کمزوری جانا۔
وقت، انا اور مصروفیت کے بہانے بنا کر ہم نے اسے نظرانداز کیا۔
پھر ایک دن وہ چلا گیا، بغیر شور، بغیر شکایت۔
اور ہمیں احساس ہوا کہ اصل کمی کیا ہوتی ہے، مگر تب صرف احساس رہ گیا۔

ہم نے ٹھکرا دیا وہ دل جو صرف ہمارا تھا،
آج وہ یاد تو ہے، مگر ہمارا نہیں رہا۔

قدر وہ چیز ہے جو وقت پر مل جائے تو نعمت بنتی ہے۔
اور جب دیر سے ملے تو صرف پچھتاوے کی شکل اختیار کر لیتی ہے۔
ہم اکثر اُن لوگوں کی اہمیت نہیں سمجھ پاتے جو سب کچھ سہہ کر بھی ساتھ نبھاتے ہیں۔
جو بولتے کم ہیں مگر دل سے جیتے ہیں۔
جب وہ ٹوٹ کر خاموش ہو جاتے ہیں تو رشتے بھی دم توڑ دیتے ہیں۔
تب سمجھ آتا ہے کہ ہم نے کیا کھو دیا، مگر لوٹانے کو کچھ نہیں بچتا۔

قدر کی بات جب سمجھ میں آئی ہمیں،
وہ شخص تب تک خود کو ہم سے ہار چکا تھا۔

----انجینئر مُنتہٰا رِیاض لُون

کتاب کے مجموعی جذبات اور سبق

مجموعی جذبات:

"درد اور باتیں" ایک ایسا سفر ہے جو انسان کے جذبات کی گہرائیوں میں لے جاتا ہے—دکھ، خاموشی، اندرونی جدوجہد، امید، سیکھنے اور حوصلے کی طاقت۔ یہ کتاب میرے ذاتی تجربات، دل کے زخموں اور سوچوں کی عکاسی کرتی ہے۔ ہر حصہ—درد، باتیں، زندگی و تعلیم، سماج و انسانیت، اور امید و شفا—ان جذبات کا عکس ہے جو ہر انسان محسوس کرتا ہے مگر اکثر بیان نہیں کر پاتا۔ کتاب کا مجموعی احساس ایک ساتھ اداسی اور تحریک دیتا ہے: قاری ان چھپی باتوں، خالی پن اور ناکامی کے بوجھ کو محسوس کرتا ہے، مگر ساتھ ہی ہمت، خود شناسی اور اندرونی روشنی کی طاقت بھی دیکھتا ہے۔

یہ کتاب ان سب کے لیے ہے جو بھیڑ میں اکیلے محسوس کرتے ہیں، خاموش دکھ جھیلتے ہیں، یا خود پر شک کرتے ہیں۔ یہ ہمدردی، سمجھ اور انسانی تجربے کی گہرائی پیدا کرتی ہے۔ کتاب کی زبان سچی، حقیقی اور عکاس ہے، مگر اس میں ہمیشہ امید کا پیغام چھپا ہوا ہے کہ کوئی بھی درد مستقل نہیں اور ہر جدوجہد ہمیں مضبوط بنا سکتی ہے۔

مصنف کا سبق:

"درد اور باتیں" کا بنیادی سبق یہ ہے کہ زندگی کے زخم، دکھ اور مشکلات ہمیں توڑنے کے لیے نہیں بلکہ سکھانے، مضبوط بنانے اور اندرونی روشنی کی طرف رہنمائی کرنے کے لیے ہیں۔ درد معنی رکھتا ہے، خاموشی سبق دیتی ہے، اور حوصلہ بدلاؤ کی طاقت رکھتا ہے۔ کتاب یہ پیغام دیتی ہے کہ امید، خود پر یقین، ہمدردی اور ہمت ہی اندھیروں میں راستہ دکھانے کی چابی ہیں۔

قاری کو یہ ترغیب دی جاتی ہے کہ وہ اپنے دکھ، زخم اور تجربات کو قبول کرے، ان پر غور کرے اور ان سے سیکھ کر بڑھنے کی ہمت پیدا کرے۔ اصل سبق یہ ہے :**ہمارے زخم ہماری راہ کو روشن کر سکتے ہیں، اور ہماری اندرونی طاقت ہمارے درد کو مقصد اور روشنی میں بدل سکتی ہے۔**

— انجینئر مُنتَہا رِیاض لُون

About the Book & the Author

Dard aur Batein is a journey through the depths of human emotions—pain, silence, struggles, hope, learning, and resilience. The book carries a deeply personal tone, reflecting my own life experiences, wounds, and reflections. Each part—Pain, Conversations, Life & Learning, Society & Humanity, Hope & Healing—acts as a mirror of real emotions that every individual faces but often cannot express. The overall feeling the book evokes is a delicate balance of melancholy and inspiration: the reader feels the weight of unspoken words, the sting of betrayal, the burden of failure, yet also the quiet power of resilience, self-discovery, and inner light.

This work is meant to resonate with anyone who has felt alone in a crowd, silently suffered, or doubted themselves. It fosters empathy, understanding, and a sense of connection through shared human experience. It is raw, realistic, and reflective, yet carries an undercurrent of hope—that no pain is permanent, and every struggle can lead to growth.

Lesson the Author Wishes to Share:

Life's hardships, wounds, and challenges are not meant to break us—they are meant to teach, strengthen, and guide us toward self-awareness and inner light. Pain is meaningful, silence is instructive, and resilience is transformative. Hope, faith in oneself, empathy, and courage are the keys to navigating life's darkest moments. Embrace your struggles, reflect on your experiences, and allow yourself to grow from them.

Your wounds can illuminate your path, and your inner strength can transform pain into purpose and light.

— Er. Muntaha Riyaz Lone

About the Author

Er. Muntaha Riyaz Lone is an educator, mentor, and emerging thought leader from Kachwa Muqam, Wagoora, Baramulla, Jammu & Kashmir. He is currently pursuing his Bachelor's Degree in Information Technology, alongside having successfully completed a Diploma in Software Engineering, Diploma in Aviation Management and Leadership, Studied Business Administration and Project Management, Electronics and Communication engineering, Network Engineering & Security Analysis, Database Management Systems (DBMS) & SQL, Studied Professional Graphic Design and other related technical disciplines, reflecting his strong academic foundation and passion for continuous learning.

He presently serves as Program Manager at the STEAM Vision Foundation, where he leads innovation-driven educational initiatives focused on science, technology, creativity, and skill development among young learners. Inspired by Swami Vivekananda and Dr. A.P.J. Abdul Kalam, he firmly believes that education should shape character, empathy, purpose, and social responsibility.

He is also the Founder, CEO & Managing Director of iDream Career, and Co-founder & Planning and Managing Development Director of Upskills Ladakh, Coordinator & Content Writer of Ladakh Rescue Project, Judge Advisor / Gold Judge at Technovation, contributing actively to career guidance, skill empowerment, and regional development. Previously, he served in the corporate sector with the We-Tech Group of Companies as Assistant Manager & Centre Incharge, and in academics as a Computer Instructor & Teacher and Officer on Special Duty (OSD) at Hanfia Model School, Wagoora.

From a young age, Er. Muntaha demonstrated a strong inclination toward skills and practical learning. At the age of 17, while studying in Class 12 (2022), he began focused skill development, gaining hands-on experience in the science and technology field. Now, at the age of 20, he stands among the youngest authors with real-world practical exposure, having also successfully qualified various competitive and academic examinations, including B-Pharmacy and CET, Jr. Asst., alongside his professional and literary pursuits. He is now widely recognized as one of the youngest authors, role model and inspiring youth through his journey of learning and leadership.

Beyond his professional achievements, Er. Muntaha Riyaz is a keen observer of society and human emotions. This sensitivity finds its most authentic expression in his literary works. He is the author of two books — "Dard aur Batein" and "Behind the ID Card: The Untold Story of a Corporate Employee."

Through "Dard aur Batein," he presents heartfelt prose and soulful shayari, giving voice to unspoken emotions and gently reminding readers that when pain is expressed, it transforms into strength, awareness, and healing.

In "Behind the ID Card: The Untold Story of a Corporate Employee," he unveils the hidden realities of corporate life, exploring the silent struggles, ambitions, sacrifices, and emotional battles faced by employees behind professional identities, offering readers a deeply relatable and thought-provoking narrative.

He Says, "When knowledge is guided by purpose and pain is expressed with honesty, both become the strongest forces of transformation."

— Er. Muntaha Riyaz Lone